Flatter 퓨전 판타지 장편소설

WISHBOOKS FUSION FANTASY STORY

일전회귀록

일천회귀록 2

Flatter 퓨전 판타지 장편소설

초판 1쇄 찍은 날 | 2017년 7월 18일
초판 1쇄 펴낸 날 | 2017년 7월 25일

지은이 | Flatter
펴낸이 | 예경원

기획 | 위시북스
편집책임 | 박우진
편집 | 이즈플러스

펴낸곳 | 예원북스
등록번호 | 제396-2012-000132호
등록일자 | 2012. 7. 25
KFN | 제1-131호

주소 | 경기도 고양시 일산동구 호수로 646-24 위너스21 II 빌딩 206A호 (우)10401
전화 | 031-819-9431 팩스 | 031-817-9432
E-mail | yewonbooks@naver.com

ISBN 979-11-6098-388-3 04810
      979-11-6098-386-9 (set)

Flatter 퓨전 판타지 장편소설
WISHBOOKS FUSION FANTASY STORY

일전회기록

2

Wish Books

CONTENTS

1장
주정뱅이 세공사

황무지를 벗어나자 잡풀이 깔린 흙더미가 지대를 이뤘다. 건조하던 대기에 서서히 습기가 들어찼다.

강윤수와 샤네트는 온종일 걷고 난 뒤 야영을 하게 되었다. 그가 불가를 만들고 그녀가 식사를 준비했다. 밤하늘 아래 희끄무레한 연기가 연거푸 올라갔다.

"우리의 다음 목적지는 이곳이죠? 열흘쯤 걸으면 도착할 것 같네요."

샤네트가 지도 한구석을 가리키며 말했다. 힐레단 북쪽에 있는 도시 리에르였다.

강윤수는 기억을 되짚었다.

'리에르에 도착하면 그 인형사부터 찾아야겠군.'

뛰어난 세공 실력을 갖춘 인형사. 전설 의뢰를 수월히 진행하기 위해 동행해야 할 인물이었다.

하지만 먼저 가야 할 곳이 있었다.

강윤수는 말했다.

"리에르에 가기 전, 들러야 할 곳이 있어."

"설마 또 유적인가요?"

울티카 유적을 회상하며 샤네트가 불안한 표정을 지었다. 강윤수는 또다시 고개를 저었다.

"사냥터."

"사냥터요? 몬스터 서식지 말씀이신가요?"

"비슷해."

옅은 빛깔의 맥주를 마시던 강윤수는 대뜸 오른팔을 내밀었다.

"샐러맨더 샐리 소환."

허공을 불꽃이 휘감더니 아름다운 소녀가 나타났다. 그러나 샐리는 어째서인지 우울한 표정이었다. 인형 같은 소녀의 얼굴에는 수심이 가득했다.

"아빠."

"왜."

"나, 동생 만들어줘."

"켁! 커헉!"

마른 빵을 씹던 샤네트가 목에 걸렸는지 켁켁 거렸다.

물을 삼킨 뒤 그녀는 간신히 말했다.

"안 돼!"

"히잉. 왜? 엄마랑 아빠가 만들어주면 되잖아."

샐리는 샤네트를 바라보며 눈물 섞인 눈동자를 빛냈다. 순수함이 담긴 눈동자에 마음이 약해질 것만 같았지만, 샤네트는 단호히 고개를 저었다.

"그건 안 돼, 샐리."

"히이이잉……."

샐리는 얼굴을 감싸 쥐며 코를 훌쩍였다. 샤네트는 모성애가 담긴 웃음을 짓더니 소녀를 끌어안았다.

"샐리, 왜 동생이 갖고 싶니?"

"훌쩍! 소환계는 너무 심심해! 멍멍이는 항상 으르렁대고 언데드들은 내 말도 몰라! 같이 놀 동생이 있으면 좋겠단 말이야! 으아앙!"

샐리는 울면서 떼를 썼다.

샤네트는 화상이 있는 뺨을 긁적였다. 그 심정이 이해가 가지 않는 것은 아니었지만, 안 되는 것은 안 됐다.

"미안해, 샐리. 하지만 세상에는 원해도 되지 않는 것이 있는 거야. 생명은 원한다고 간단히 만들어지지 않아."

그녀는 강윤수를 바라봤다.

"그렇죠, 강윤수 님?"

"못 만들어줄 것 없지."

"네?"

샤네트는 망치로 한 대 얻어맞은 듯한 표정을 지었다. 그녀의 얼굴이 새빨갛게 달아올랐다.

"지, 진심이세요?"

"어."

"와아! 아빠 최고!"

샐리가 쪼르르 달려가 강윤수의 뺨에 입을 쪽 맞추었다. 멍한 표정을 짓는 샤네트와 달리, 강윤수는 자리에서 일어났다.

"샐리, 네가 해야 할 일이 있어."

강윤수를 따라 걷자 나온 곳은 음침한 늪지대였다. 이름 모를 식물이 늘어져 있고, 벌레들이 바닥을 기어 다녔다. 깊은 웅덩이 아래로 진흙 늪이 보였다.

"샐리."

"응."

어두운 사방을 정령의 불꽃이 환히 밝혔다.

샐리는 도마뱀으로 모습을 바꾸었다. 샐러맨더는 하늘을 향해 불줄기를 내뿜었다. 입에서 내뿜는 화염은 소녀일 때와는 비교도 할 수 없을 만큼 강렬했다.

샤네트는 의아한 표정을 지었다.

"샐리의 불로 뭘 하시려구요?"

"쉿."

강윤수가 낮게 말했다.

곧 고요하던 주변으로부터 얕은 인기척이 들려왔다.

진흙 늪이 질척거리더니 무언가 기어 나오는 소리가 들려왔다.

"카스쿠라므……."

질척이는 울음소리. 진흙에 둘러싸인 생물체들이 하나둘씩 주변에서 걸어왔다.

머드젬.

머드젬은 평소 늪에 파묻혀 살며 빛을 탐하는 생명체였다. 커다란 머드젬들이 밝은 불빛을 보고 슬그머니 다가왔다.

머드젬 하나가 질척이는 손아귀를 샐리에게 내뻗었을 때였다.

퍼석-!

진흙이 쏟아지며 머드젬의 오른팔이 절단되었다.

"마케뤼누라디……!"

머드젬은 고통스러운 비명을 내질렀다. 반면 강윤수는 피에 젖은 검을 치켜들었다.

라비안의 장검.

새로 얻은 검을 사용할 시간이었다.

머드젬들이 흉측한 울음소리를 뱉더니 단단한 손을 마구잡이로 휘두르며 달려 들어왔다.

강윤수는 자세를 낮추더니 빠르게 돌진했다. 검을 쥔 오른손을 폭풍처럼 휘둘렀다.

퍼거걱-!

순식간에 머드젬 세 마리가 중상을 입고 무릎을 꿇었다.

강윤수의 칼부림은 쉽사리 피할 수도 없는 수준이었다. 전에 쓰던 마체테와 달리 라비안의 장검은 칼날이 얇아 빠르게 적을 베어갈 수 있었다.

그는 상처 하나 입지 않은 채 머드젬들을 가볍게 베어갔다. 검이 머드젬의 살결을 벨 때마다 공격력은 조금씩 강해졌다.

샤네트도 데스 사이드를 예리하게 세웠다. 청백색 대낫을 길게 휘두르자 머드젬의 심장이 가볍게 파열되었다.

샤네트는 흠칫 놀랐다.

이전에 사용했던 사이드와는 비교도 할 수도 없는 성능이었다.

'역시 대단해.'

새삼 놀라웠다.

검술, 장비제작, 연금술, 언데드 부활까지. 도대체 강윤수는 하지 못하는 게 무엇일까. 그의 정체가 더없이 궁금해졌다.

한 머드젬의 가슴을 꿰뚫어버린 뒤 샤네트가 걱정스러운 표정을 지었다.

"샐리는 괜찮을까요?"

"위험하면 소환계로 보낼 거야."

샐리를 향해 다가오는 머드젬들은 두 사람의 손에 모조리 처리되었다.

샐리도 두 사람을 믿고 계속해서 불을 내뿜었다. 정령의 불빛이 환해질수록 더 많은 머드젬이 모여들었다. 사냥을 이어가자 머드젬의 수는 빠르게 줄어갔다.

늪에서 마지막 머드젬이 뛰쳐나왔다. 다른 머드젬들과 달리 약간 크고, 가슴 중앙에 독특한 보석이 박혀 있었다.

"카히뮈노어―!"

매직 머드젬.

평범한 머드젬들과 달리 마법을 부릴 줄 아는 특이 개체였다. 커다란 양손으로 바닥을 내려치자 늪에 있던 진흙이 공중으로 솟구쳐 나왔다.

"꺄악―!"

진흙을 다루는 마법.

진흙은 시야를 가릴 뿐만 아니라 진득하게 달라붙어 움직임까지 느리게 만들었다. 샤네트가 진흙에 둘러싸이자 매직 머드젬은 기회를 놓치지 않고 달려들었다.

그러나 이미 그녀의 앞에는 강윤수가 서 있었다. 칼날을 위로 올려치자 머드젬의 턱주가리가 날아갔다.

서걱―!

치명적인 일격에 매직 머드젬은 정신을 차리지 못했다. 강윤수는 그 상태 그대로 칼을 내리그었다. 동시에 왼쪽으로 휘두르며, 수평으로 가로저었다. 그 동작을 마치고 나자 매직 머드젬은 볼품없이 조각나 있었다.

강윤수는 매직 머드젬의 시체로부터 커다랗고 반짝이는 돌을 주웠다.

「머드젬의 보물」

등급-일반

보석처럼 반짝이지만, 별로 가치가 없는 돌멩이. 소량의 마나가 담겨 있다.

강윤수는 오른팔을 내밀고 말했다.

"다중시체부활."

쓰러진 머드젬들이 진흙을 쏟아내며 일어났다. 연두색으로 변한 진흙에선 썩은 내가 풍겨왔다.

「76마리의 로튼 머드젬을 소환계에 보존했습니다.

현재 소환계에 있는 소환수-로튼 머드젬 76마리, 백랑괴수 화이트.

보존 가능한 소환수 숫자-623마리」

그러자 소녀로 돌아온 샐리가 눈을 반짝이며 다가왔다.

"아빠, 동생은?"

"나중에."

"히이잉. 그럼 아빠, 샐리랑 약속해. 나중에 꼭, 꼭 동생 만들어 주기야?"

샐리가 새끼손가락을 내밀었다.

강윤수는 소녀의 새끼손가락을 맞서 휘감았다.

"어."

"고마워! 샐리는 아빠도, 엄마도 사랑해!"

강윤수는 샐리도 소환계로 돌려보냈다.

둘만 남게 되자 샤네트가 작은 목소리로 말했다.

"죄송해요. 이번에는 짐만 됐네요."

"괜찮아."

하지만 샤네트는 답답함을 느낄 수밖에 없었다. 그녀 자신도 헤르미야 영주의 사병 시절, 다섯 손가락 안에 꼽힐 전투병이었다.

그러나 강윤수의 전투를 보면 저도 모르게 열등감이 느껴졌다. 그 어떤 적을 만나더라도 수천 번은 상대해 본 양 손쉽게 쓰러뜨리니 말이다. 어느새 자신보다 낮았던 레벨도 조금씩 격차가 좁혀지고 있었다.

'그런데 내가 왜 저 남자의 힘이 되어주고 싶어 할까?'

샤네트는 의아함을 느꼈다.

그러다가 문득 그녀는 힘의 조각을 떠올렸다. 그동안 상당히 성장하기도 했으니 뭔가 변화가 생겼을 터였다. 그녀는 허공에 손을 움직여 자신의 상태를 확인했다.

「샤네트 엘로그란」

　　힘의 조각 1차 개방까지 148시간.

　　성장할수록 대기시간 감소.

힘의 조각이 개방될 시간이 얼마 남지 않았다. 무심히 지켜
보던 강윤수가 말했다.

"빨리 키워야겠군."

어쩐 샤네트는 그의 애완동물이 된 기분이 들고 말았다.

그때였다.

강윤수의 귓가에 작은 목소리가 스쳤다.

-머지않아 이변이 다가올 것이다. 너는 그것에 대비해야 한다.

강윤수는 샤네트를 바라봤다.

"방금 뭐라고 했어?"

"네? 저는 아무 말도 안 했어요."

그는 의아한 눈초리로 주위를 돌아보았다. 그러나 자신과
샤네트 외에는 아무도 없었다. 의미 없는 바람 소리만이 가느
다랗게 들릴 뿐이었다.

'기어코 환청이 들릴 정도로 정신이 몰락했나.'

자신이 올바른 정신 상태가 아님을 알고 있기에 그리 놀랄 일도 아니었다. 가끔은 이전 삶의 환각을 마주하기도 했다. 강윤수는 의아함을 느꼈으나 그리 깊게 고민하진 않았다.

적어도 이때까지는.

나흘쯤 걷자 소도시 리에르에 도착했다. 햇빛을 받아 첨탑의 끄트머리가 번뜩였다. 리에르는 상업이나 무역의 요충지와 거리가 멀지만, 발굴에 많은 자원을 투자하기로 유명한 곳이었다.

두 사람은 관문소를 지나 도시 내부로 들어왔다.

강윤수는 단말기를 터치해 현재 수행 중인 전설 의뢰를 확인했다. 대륙인 샤네트는 알림창을 통해 내용을 확인할 수 있었다.

그녀는 내심 기대감에 부풀었다.

의뢰.

감초개비 심부름처럼 사사로운 것을 시작해 몬스터 토벌에 이르기까지 대륙에는 다양한 의뢰가 존재한다. 의뢰는 대륙인이 요청하며, 다른 세계에서 온 여행자는 그러한 권리가 없다.

또한, 의뢰를 해결하면 반드시 정해진 보상을 받을 수 있다. 확실히 보상을 주고자 마음먹지 않은 대륙인에게는 의뢰 창이 떠오르지 않는다.

의뢰는 서로 간의 절대적 약속이었다.

가끔 어떤 의뢰는 특수한 아이템 발견으로 시행되기도 하는데, 유물의 흔적을 쫓거나 숨겨진 보물 상자를 찾는 등 독특한 내용이 주를 이뤘다.

강윤수가 현재 수행하는 의뢰는 무려 전설과 연관되어 있다.

전설 의뢰.

대륙의 흥망을 뒤바꿀 수 있는 대규모 의뢰였다. 전설 의뢰에 관해 정확히 밝혀진 사실은 거의 없었다. 그러나 내용도 위험천만한 것이 대부분이며, 수행 기간도 무척 길다고 전해진다.

물론 그만큼 보상은 훌륭하다고 한다. 자세한 세부 내용은 알려지지 않았지만, 진귀한 보물이나 커다란 영토를 기대해도 결코 실망할 일은 없을 것이다.

오늘도 수많은 모험가가 희귀한 의뢰를 찾아 대륙을 탐험하고 있다. 그저 전설 의뢰를 수행하고 있단 사실 자체만으로도 충분한 자랑거리였다.

샤네트는 흥분감에 벌써 몸이 달아올랐다. 처음 여정을 떠날 때 강윤수가 말했다. 여행의 목적은 앞으로 다가올 대륙의 파멸을 막기 위해서라고.

이번 전설 의뢰는 여행의 목적과 관련되어 있을 것이 틀림없었다.

그런 대단한 의뢰의 시작은 무엇일까?

위험천만한 몬스터 사냥? 아니면 영토 쟁탈전?

그녀는 무엇이든 성실히 수행할 자신이 있었다.

【전설 의뢰-공백의 역사】
리에르 연무장 뒤편 쓰레기더미에서 잠이 들곤 하는 주정뱅이 헨릭. 그를 만나 사라진 역사에 관한 단서를 얻어라.
*헨릭은 주로 오전 시간대에 쏘다닌다.

"……."

샤네트는 실망한 표정을 감추기 어려웠다.

"가자."

"네."

강윤수는 전에 이 도시를 와보기라도 한 것처럼 어렵지 않게 길을 찾아갔다. 잔디가 수놓인 연무장에서 근육질 사내들이 땀을 뻘뻘 흘리며 검술을 연마하고 있었다.

대장장이 공방과 마찬가지로 여자도 상당수 있었다.

검술 학원을 뒤로하고 강윤수는 뒷골목으로 걸어갔다.

"드르렁!"

한 중년이 잿빛 쓰레기 더미에 파묻혀 코를 골고 있었다. 낡고 비루한 코트는 걸레짝처럼 보였고 까칠한 턱수염은 최소 며칠은 면도하지 않은 것 같았다. 키는 훤칠했지만, 목욕도 하지 않았는지 몸에서는 독한 술 냄새가 풀풀 풍겼다. 코트에는 무엇을 넣었는지 주머니가 크게 부풀어 있었다.

샤네트는 어이가 없다는 표정을 지었다.

영락없는 노숙자의 몰골이었다. 정말 이 사람으로부터 전설 의뢰가 시작된단 말인가?

"의뢰창이 뭔가 잘못된 게 아닐까요?"

"전혀."

강윤수는 낮게 말했다.

"전설 의뢰에는 이자가 필요해."

강윤수는 헨릭의 어깨를 흔들어 깨웠다.

헨릭은 얼굴을 찌푸리더니 마른 입술에 침을 묻혔다.

"뭐요?"

"사라진 역사에 관한 정보를 얻으러 왔습니다."

"응? 나한테서? 그게 뭔 소리요? 다른 데서 알아봐."

헨릭은 목덜미를 북북 긁다가 쓰레기 더미에서 일어났다.

그가 어디론가 떠나려 할 때, 강윤수가 주머니에서 남은 은화를 꺼내 손가락으로 튕겼다. 헨릭은 재빨리 몸을 돌리더니 강윤수가 던진 은화를 받아들었다.

"거, 할 일 없는 양반들이구만. 미리 말해 두겠는데, 난 명확히 아는 것도 딱히 없어. 기껏해야 주점이나 돌아다니며 사람들한테 몇몇 얻어들었던 것들뿐이지. 그래도 그 말이나마 듣고 싶다면, 내가 원하는 것을 좀 가져다 줬으면 좋겠는데."

새로운 의뢰가 떠올랐다.

「**술값이 부족해!**」

헨릭은 남쪽 늪지대에 서식하는 머드젬의 보물에 관심을 가지고 있다.

그 반짝이는 돌멩이는 헨릭에게 나쁘지 않은 수입을 가져다 줄 것이다. 물론, 그는 수익을 술값으로 탕진할 것이다.

*사흘이 지나면 의뢰는 파기된다.

보상-약간의 정보, 헨릭의 허울뿐인 칭찬

"여기 있습니다."

강윤수는 곧장 머드젬의 보물을 넘겨주었다. 괜히 머드젬의 서식처를 지나온 것이 아니었다. 헨릭은 반색하더니 눈을 반짝였다.

"오오, 고맙군! 설마 이렇게 곧장 내어줄 줄은 미처 몰랐는데. 정말 대단해."

그는 낡은 코트 안에 머드젬의 보물을 잽싸게 챙겼다. 그러곤 헛기침을 큼큼하더니 말했다.

"너희가 원하는 정보는 적색바위 발굴단의 라막스가 알고 있을 거야."

"네? 머드젬의 보물을 가져오면 저희한테 정보를 말씀해 주신다고 하셨잖아요?"

샤네트가 항의하자 헨릭은 능청스럽게 말했다.

"내가 주점에서 이야기 좀 주워들었다고 했지? 라막스, 그 노인네가 술김에 얘기하는 걸 들은 적이 있거든. 귀동냥한 이 야기보다 남한테서 직접 듣는 게 더 낫지 않겠어? 듣자 하니 그 노인네 발굴단에서 발굴을 하다 보면 희귀한 물건을 받을 수 있다고 하던데. 그러게 애초에 난 잘 모른다고 했잖아. 아 무튼, 잘해 보라고."

그리 말하고 헨릭은 어슬렁어슬렁 떠나갔다.

그때 강윤수가 말했다.

"세공은 예술이 아닙니다."

떠나가던 헨릭이 멈칫했다. 그는 고개를 돌리더니 얼굴을 일그러뜨렸다.

"방금 뭐라고 했지?"

"세공은 예술이 아니라고 했습니다."

"어째서냐?"

"못났기 때문입니다. 상업성이 현저히 떨어지고, 비루하기 짝이 없습니다. 그것을 칭하는 데 예술이라는 단어가 아까울 수준입니다."

"뭐라고!"

헨릭이 발끈하며 강윤수에게 다가왔다. 샤네트는 의아한

표정을 지었다. 강윤수가 이렇게 대놓고 도발을 하다니. 그러나 그녀는 그의 행동을 좀 더 지켜보기로 했다.

헨릭은 날카로운 눈빛으로 강윤수를 노려봤다.

"너, 지금 내 앞에서 세공이 천박하다고 했냐?"

"예."

"정말 그렇게 생각해?"

"예."

"이 자식이 날 웃겨 죽이려 작정했군."

헨릭은 코웃음을 치더니 소매에서 칼을 빼 들었다.

샤네트는 곧장 대낫의 손잡이를 움켜쥐고 그를 노려보았으나, 그저 단순한 조각도였다. 칼자루는 상당히 낡았으나 예리한 칼날은 햇빛이 반사되어 번뜩였다.

헨릭은 품에서 머드젬의 보물을 꺼내더니 조각도를 빠르게 휘둘렀다. 단순히 빛나는 돌멩이였던 그것은 순식간에 영롱한 보석으로 세공되었다.

"굉장해요!"

샤네트는 저도 모르게 감탄했다. 뛰어난 실력의 세공사들도 헨릭처럼 훌륭한 솜씨를 선보이진 못했다.

헨릭은 아름다운 보석을 손에서 굴리며 가소롭다는 듯 웃었다.

"어떠냐. 이래도 세공이 천박하단 말이냐?"

강윤수는 무심히 대답했다.

"엉망입니다."

"뭐, 인마?"

헨릭은 조각도를 당장에라도 휘두를 듯이 발끈했다.

강윤수는 말했다.

"당신의 실력에 비해 재료가 조악합니다. 당신은 머드젬의 보물이나 세공할 수준이 아닙니다. 헨릭 엘리커슨."

그 순간 헨릭의 눈빛이 달라졌다.

"……너, 내가 누구인지 아냐?"

"황녀의 평민 세공사. 지금은 은퇴했지만."

"저, 정말인가요?"

샤네트가 두 눈동자를 크게 떴다.

일개 평민이 황실까지 들어가기 위해선 그만큼 뛰어난 예술 실력을 입증받아야 한다. 더군다나 황녀 전속의 세공사라면 그중에서도 최고의 실력을 지녀야 했다. 현존하는 세공사클래스 중 최상급 경지에 도달했다는 의미였다.

그런 세공사가 쓰레기 더미에서 잠이나 자는 주정뱅이 생활을 하고 있다니?

헨릭은 쓴웃음을 짓더니 말했다.

"뭐, 주특기는 인형사지만 한때 세공사도 겸업하긴 했지."

샤네트는 더욱 놀랐다.

황실에 몸을 담았단 것만으로도 놀라운데, 인형사의 재주까지 갖추었단 말인가? 비록 중년이었지만, 무시할 수 없는 실력의 남자였다.

헨릭은 한숨을 쉬며 말했다.

"하지만 이젠 손이 무뎌졌어. 한때는 대륙 최고라고 칭송받기도 했지만…… 옛일이다. 거의 15년 전쯤 관뒀으니 지금은 나보다 세공 잘하는 놈들도 생겼겠지."

헨릭의 한탄을 듣는 순간, 샤네트는 강윤수의 의도를 알아차렸다.

'그렇구나!'

생각해 보니 어디선가 많이 본 장면이었다. 은퇴한 황실의 세공사. 전설 의뢰에는 그의 뛰어난 세공 실력이 필요한 것이 분명했다. 그래서 강윤수는 세공은 예술이 아니라는 둥, 실력이 엉망이라는 둥 헨릭을 도발한 것이다.

그가 다시금 세공을 시작하도록 만들도록 말이다.

'굉장해. 역시 대단한 남자야.'

이제 강윤수는 한껏 우울해 있는 헨릭을 격려해 다시금 세공을 시작하도록 만들 것이다.

강윤수는 대답했다.

"맞습니다. 당신의 실력은 무뎌졌습니다. 당신보다 세공을 잘하는 사람도 있지요."

……응?

샤네트는 당황했다.

지금은 어딜 봐도 격려를 해줘서 은퇴한 세공사를 일으켜야 할 순간 아니던가.

헨릭은 강윤수를 노려봤다.

"너, 대체 하고 싶은 말이 뭐냐?"

강윤수는 담담히 말했다.

"당신이 수도에 보관하고 있는 엘리커슨 가문의 가보. 최고의 실력을 지닌 세공사만이 물려받을 수 있는 그 가보를 제게 주십시오."

"아니, 내가 왜?"

"제가 당신보다 세공을 잘합니다."

헨릭이 헛웃음을 짓더니 말했다.

"네가 나보다 세공을 잘한다고?"

강윤수는 고개를 끄덕였다.

"당신이 지금처럼 왼손을 쓰지 않는다면."

순간 헨릭의 눈빛이 날카로워졌다. 그러나 다시 침착함을 되찾고 헨릭은 어이없다는 표정을 지었다.

중년은 손으로 까칠한 턱수염을 비볐다.

"확실히 우리 가문의 가보는 당대 최고의 세공사에게만 물려주도록 관례가 정해져 있긴 해. 하지만 너의 세공 실력을 어떻게 입증할 수 있지? 아무리 봐도 너무 젊은데."

"고대석을 세공할 수 있습니다."

"고대석? 지금 장난하냐?"

헨릭은 두 눈을 동그랗게 떴다.

"고대석은 구하기도 힘든 1급 재료인 데다 일류 세공사도 함부로 다루기 힘들어. 그런데 그걸 네가 세공할 줄 안단 말이냐?"

"시간을 주시면 재료를 구해와 직접 세공하는 것을 보여드리겠습니다."

"어이가 없군."

헨릭은 날 선 눈길로 강윤수를 쏘아보았다.

그러나 중년은 곧 한숨을 내쉬었다.

"그래, 젠장. 네놈이 머드젬의 보물을 가져다주기도 했고, 은화도 1닢 주었으니 일단 기회는 줘보지. 하지만 조금이라도 네놈 실력이 마음에 들지 않으면 너를 헛바람 들어간 애송이로 취급할 거다."

「최고의 세공사」

주정뱅이 헨릭의 정체는 은퇴한 황녀 전속 세공사였다. 엘리커슨 가문은 예로부터 뛰어난 예술명인을 배출해냈으며, 헨릭 역시 예술가의 피를 물려받았다. 헨릭의 눈앞에서 고대석을 세공하라.

*헨릭의 안목은 까다롭다. 그를 만족시키기란 쉽지 않을 것이다.

*14일이 지나면 의뢰는 파기된다.

*의뢰 실패 시 헨릭의 신뢰를 잃는다.

보상-엘리커슨 가문의 가보

숨겨진 의뢰.

헨릭을 그저 남루한 주정뱅이로만 생각했다면 결코 받아낼 수 없는 의뢰였다.

강윤수는 고개를 살짝 끄덕이곤 그 자리를 떠나갔다.

"감사해요."

샤네트도 꾸벅 감사 인사를 한 뒤 강윤수의 뒤를 따라갔다. 헨릭은 뺨을 긁더니 강윤수의 뒷모습을 묘한 표정으로 바라봤다. 깊은 통찰력을 품은 눈동자가 의문을 품었다.

"저 자식, 정말 젊은 놈 맞나?"

이상했다.

겉보기에는 틀림없이 젊은이인데 어째 속내는 수백 년 산 엘프보다 노쇠한 것만 같았다. 헨릭은 뺨을 긁적이며 눈살을 찌푸렸다.

저런 눈빛을 어디선가 본 적이 있는데.

안 좋은 기억이 떠올랐다. 중년은 괜스레 왼손을 세게 쥐었다가 폈다. 그러나 묘하게 부자연스러운 동작이었다.

'내 왼손의 비밀을 눈치챈 건 아닐 테지.'

헨릭은 고개를 휘저었다.

"뭐, 아무렴 어때. 고대석을 정말 가져올 리도 없고."

고대석은 드워프도 채집하기 힘든 진귀한 광물이었다. 고대석에는 총 9가지 속성이 있으며, 하나같이 신비롭고 놀라운 힘이 숨겨져 있다고 전해진다. 그런 고대석은 일류 세공사가 수일간 피땀 흘리는 노력을 하더라도 완벽한 보석으로 빚어내기 힘들다.

그런데 그 다루기 힘든 광물을 직접 세공하겠다고?

결코 있을 수 없는 일이었다. 주정뱅이는 한잔하러 가기 위해 뒷골목을 어슬렁어슬렁 벗어났다.

2장
적색바위 발굴단

적색바위 발굴단은 리에르 북쪽 변두리 바위 지대에 있었다.

수십 개의 탐사 텐트가 광활한 지대에 걸쳐 설치되어 있으며 수백 명의 고고학자, 탐험가, 모험가가 열심히 바닥을 훑거나 곡괭이질을 하고 있었다.

대개는 돌멩이나 자갈을 뒤지며 허탕을 치는 작자들이 대부분이었다. 가끔 운이 좋은 자들은 녹슨 검이나 수상한 머리장식을 발굴해 내기도 했다.

'발굴가 클래스로 활약했던 삶이 떠오르는군.'

과거 강윤수는 대륙 최대 규모의 발굴단을 창설해 모든 발굴지를 샅샅이 찾아냈던 경험이 있었다. 단순히 발굴품을 찾아내는 것에 그치지 않고 지층을 들어내 화석을 통째로 발굴하거나 지하에 파묻힌 유적을 탐사한 적도 있었다.

'정말 손아귀에 안 쥐어본 유물이 없었지. 특히 고대신의 무구 세트가 성능으론 가장 좋았던가. 멸망룡의 숨결도 흘려내고, 시리안의 마창도 막아냈지.'

물론 지금은 옛일이다. 괜스레 잡념만 짙어진 강윤수는 고개를 휘저었다.

두 사람은 그들을 가로질러 가장 큰 발굴단 텐트 내부로 들어갔다. 그곳은 낡은 서적들을 바쁘게 뒤지는 학자들이 가득했다.

개중 가장 높은 탁상에서 한 늙은이가 조약돌을 돋보기로 자세히 관찰하고 있었다. 약간 비뚤어진 은테 안경과 희끗희끗한 머릿결이 그가 지나온 세월을 설명해 주었다.

노인은 돋보기를 내려두고서 의문을 표했다.

"자네들은 누구지? 무슨 일인가?"

"발굴단의 작업에 지원하고 싶습니다."

"아아, 두 사람의 이름은?"

"강윤수입니다."

"샤네트예요."

노인은 은테 안경을 콧등 위로 올리더니 말했다.

"나는 라막스라고 하네. 고대바위 발굴단의 단장이자 고고학자지. 가끔은 역사가를 겸하기도 한다네. 참가비는 은화 10닢일세."

강윤수는 비용을 지불했다.

「**적색바위 발굴단의 임시 단원이 되었습니다.**
현재 공적치: 0」

라막스는 자리에서 일어나더니 뒷짐을 지었다.

"최근 발굴 작업에 동참해 주는 젊은이들이 늘어나 주는 건 기쁘지만, 어째 그들은 역사 탐색이 아니라 보물찾기를 하러 오는 것 같더군. 별로 좋은 현상은 아니야."

"보물찾기요?"

샤네트가 묻자 라막스는 고개를 끄덕였다.

"자네들이 발굴지에서 발굴품을 탐색해 가져오면 발굴단은 그에 합당한 공적치를 계산해 준다네. 공적치는 우리 발굴단 에서 희귀한 물품이나 유용한 도구로 교환할 수 있지. 아무래 도 젊은이들은 그 공적치를 노리고 오는 모양이야."

라막스는 열심히 삽질하는 여행자들을 못마땅한 시선으로 바라보며 혀를 쯧쯧 찼다.

"발굴은 보물찾기가 아니야. 희미해진 역사를 뒤쫓는 위대 한 작업이지. 자네들은 꼭 알아줬으면 하네."

발굴단 단장은 저편을 가리켰다. 아찔한 높이의 거대 바위 였다. 바위의 주위로는 붉은 먼지가 자욱했다.

"곡괭이나 삽, 돋보기 따위의 발굴 도구가 필요하다면 이곳에서 구입할 수 있네. 저 바위가 우리의 현재 발굴지지. 흉포한 몬스터가 출몰해 종종 크게 다치는 작자들도 있으니 조심하게."

라막스는 덧붙여 설명했다.

"몬스터가 무섭다면, 이 주변 흙바닥을 파헤치며 가치가 낮은 발굴품을 찾아보는 것도 괜찮은 선택일세. 물론 자갈이나 뒤지는 경우가 대부분이지만 말이야."

그때 강윤수가 말했다.

"사라진 역사에 대해 알고 싶습니다."

"뭐?"

순간 라막스의 안색이 차갑게 변했다.

"헨릭이로군? 아마 그 주정뱅이에게서 들었겠지. 젠장."

"예."

"입 싼 놈. 마음 같아선 나도 그놈 비밀을 확 불어버리고 싶군."

라막스는 두 사람을 빠르게 훑어보더니 단호히 말했다.

"원래라면 보기도 싫다며 쫓아냈겠지만, 우리 발굴단 작업에 지원도 했으니 그것만은 참아주지. 돌아가게."

"기록의 석판을 가져오겠습니다."

"뭐?"

"기록의 석판. 사라진 역사를 뒤쫓기 위해선 그것이 필요하지 않습니까."

라막스는 놀란 표정을 짓다가 고개를 가로저었다.

"기록의 석판은 나조차 불굴해 내지 못한 유물일세. 그런데 그걸 자네들이 찾아오겠다고? 어불성설이야."

"가져오겠습니다."

강윤수가 확신을 담아 말하자 라막스가 어쩔 수 없다는 듯 고개를 휘저었다.

"일단 의뢰는 맡겨주지. 그러나 실패한다면, 다음부터 나는 자네와 말도 붙이지 않을 걸세."

【전설 의뢰-공백의 역사】
사라진 역사를 뒤쫓기 위해선 기록의 석판이 필요하다. 기록의 석판을 찾아 라막스에게 가져가라.
*실패 시 적색바위 발굴단의 작업을 도울 수 없다.

강윤수는 발굴단원에게 가 발굴 도구를 구입했다. 곡괭이, 삽, 돋보기, 붓 따위를 구입해 배낭에 넣거나 몸에 메었다.

샤네트가 의문스러운 표정을 지었다.

"이걸 전부 사용할 생각이세요?"

"어."

두 사람은 거대바위로 걸어갔다. 바위 아래편으로 조그만 틈새가 보였다. 내부는 길게 뚫려 있었고 지하로 내려갈 수 있었다.

'여긴 올 때마다 느끼지만 참 넓군.'

적색바위 발굴지는 무척 넓고 내부 지리는 복잡했다. 그만큼 숨겨진 유물도 많았고 도사리고 있는 몬스터도 많았다.

'그 몬스터가 출현하기 전에 가치 있는 유물은 모조리 캐낸다.'

적색바위 발굴지의 보스 몬스터. 강력한 힘을 가지고 있는 존재가 깨어날 시기가 이즈음이었다.

동굴 저편에서 날갯짓 소리가 들려왔다. 커다란 생명체가 동굴 천장에 거꾸로 매달려 있었다. 큼지막한 짐승형 몬스터, 빅뱃이었다.

빅뱃은 날카로운 송곳니를 가진 박쥐였다. 개체마다 몸체가 커다랗고 시커먼 날개를 지니고 있었다. 강윤수와 샤네트가 각자의 무기를 꺼내 든 순간, 천장의 빅뱃들이 날개를 펼치고 달려 들어왔다.

비행 몬스터.

일반 몬스터에 비해 방어력은 부실했지만, 공격속도와 민첩성은 얕볼 것이 못 되었다. 강윤수는 라비안의 장검을 최소한의 반경으로 휘둘러 다가오는 빅뱃을 모조리 베어버렸다.

그보다는 못한 수준이었으나, 샤네트도 데스 사이드를 크게 휘둘렀다. 반원을 그려낸 낫의 일격은 빅뱃 무리를 간단히 파훼시켰다.

두 사람은 어렵지 않게 빅뱃을 사냥했다. 사냥을 마치고 나자 강윤수의 레벨도 하나 올라갔다.

그의 레벨은 74가 되었다.

"다중시체부활."

강윤수가 외치자 빅뱃 시체들이 꿈틀대며 일어났다.

본래 갈색이던 안광이 붉게 변해 있었다.

「다중시체부활의 스킬 레벨이 올랐습니다.

일정 시체를 되살릴 때 특수한 속성이 부여됩니다.」

빅뱃 시체에 흡혈 속성이 부가되었다. 피를 갈구하고 난폭한 박쥐 언데드. 블러드 빅뱃이었다.

"퀴륵! 퀴르륵!"

블러드 빅뱃들은 피를 갈구했다.

언데드의 본능. 일정 지능 이상의 언데드는 소유자의 명령보다 자신들의 본능을 중시했다. 간혹 실력 없는 네크로맨서는 자신이 부활시킨 언데드에 몰려 몰살당하는 참사도 있었다.

네크로맨서에게 가장 필요한 능력은 통솔력이었다. 1인 군단을 지휘하기 위해선 그에 걸맞은 능력이 필요한 것이다. 강윤수는 오른손을 들어 블러드 빅뱃을 소환계로 보냈다.

「317마리의 블러드 빅뱃을 소환계에 보존했습니다.

현재 소환계에 있는 소환수-블러드 빅뱃 316마리, 로튼 머드젬

76마리, 백랑괴수 화이트, 샐러맨더 샐리.

보존 가능한 소환수 숫자-306마리」

블러드 빅뱃들은 거칠게 울부짖었으나 결국 주인의 명령에 복종했다.

"네크로맨서도 쉽지 않군요."

두 사람은 발굴지의 지하 깊숙한 내부로 들어갔다. 갈림길이 여러 번 나왔지만, 강윤수는 거침없이 걸어갔다.

가끔씩 사람을 마주치기도 했으나 대부분 발굴 작업에 몰두해 두 사람은 본체도 하지 않았다.

어느 정도 지하로 내려오자 강윤수는 말했다.

"여기서 하자."

"뭐를요?"

강윤수는 샤네트에게 삽자루를 내밀었다.

"삽질."

"……."

"이 지점을 파."

샤네트는 땀을 뻘뻘 흘리며 삽질을 했다. 강윤수는 곡괭이로 지하 벽면을 파헤쳤다. 흙을 파헤치자 낡고 녹슨 발굴품이 모습을 드러내기 시작했다.

「풍화된 뼈」

가치-3

고대 생물의 뼈다. 너무 오래되어 정체를 짐작할 수 없다.

「녹슨 검」

가치-14

오랜 과거에 쓰였을 거라 추측되는 검. 칼날이 닳아 복원은 힘들 것으로 보인다.

「귀족 영애의 허리띠」

가치-42

귀족가의 영애가 사용했을 법한 허리띠. 보존 상태가 양호하다.

발굴품은 보존 상태가 양호한 경우가 아니면 바로 사용할 수 없다. 가치가 높은 발굴품일수록 발굴단에 가져가면 더 많은 공적치를 받을 수 있었다.

때론 진귀한 유물을 발굴해 벼락부자가 되는 발굴가들도 있었으나, 무척 희귀한 경우에 속했다.

강윤수는 상태가 양호한 발굴품만을 선별해 배낭에 담

았다.

흙바닥에 삽질을 하던 샤네트는 삽 귀퉁이에 무언가 단단한 것이 걸린 것을 알아차렸다. 깊숙이 파내보자 환한 아뮬렛이 형체를 드러냈다.

「달빛 아뮬렛」

　가치-177

　세월이 지나도 아름다움을 잃지 않은 아뮬렛. 역사적으로도, 예술적으로도 가치가 있는 유물.

"가, 강윤수 님! 이것 좀 보세요!"

화들짝 놀란 샤네트가 말했다.

그러나 강윤수 쪽을 바라보자 그녀는 흠칫 굳어버리고 말았다. 강윤수는 갈라진 벽면에서 커다란 유물을 양손으로 빼들었다.

「순금 뿔잔」

　가치-557

　옛 바이킹의 우두머리가 럼주를 따라 마시곤 했던 술잔. 보존 상태가 우수해 지금 사용해도 손색이 없다. 굉장한 고고학적 가치를 지니고 있다.

샤네트가 어이없다는 표정을 짓는 사이 강윤수는 순금 뿔 잔을 옆구리에 감싸 안았다. 배낭이 가득 차서 더 이상 유물을 넣을 수 없었다.

두 사람은 발굴지를 나와 발굴단 본부로 걸어갔다. 유물을 가득 안고 가는 둘에게 사람들의 시선이 몰렸다.

"뭐야? 저거 둘이서 캔 거야?"

"유물의 질도 괜찮은데."

"밤새 발굴한 모양이군."

하루 종일 땅만 파헤쳐도 가치 있는 유물을 찾기란 쉽지 않았다. 대개는 녹슨 창이나 찢어진 장화처럼 가치 없는 것들뿐. 뛰어난 탐색 스킬이라도 지니지 않은 이상에야 발굴은 몹시 고된 작업이었다.

사람들은 부러운 시선으로 두 사람을 바라봤다.

"유물을 상납하러 왔습니다."

강윤수는 순금 뿔잔, 달빛 아뮬렛을 포함한 발굴품들을 발굴단에 상납했다.

라막스는 두 눈을 동그랗게 떴다.

"아니, 하루도 안 돼서 이 많은 유물을 캐왔다는 건가?"

"예."

강윤수는 무심히 대답했다.

라막스는 기가 막힌 표정을 짓다가 돋보기를 들고 유물을 살폈다.

"음…… 아주 보존 상태가 양호한 유물들이군. 거기다 역사적 가치도 굉장해. 이 정도면 많은 공적치를 쌓을 수 있다네."

「적색바위 발굴단에 훌륭한 유물을 상납했습니다.
발굴 공적치가 1,328 올랐습니다.
현재 공적치: 1,328」

"공적치는 저쪽에서 물품으로 교환하거나 환전할 수 있다네."

강윤수와 샤네트를 바라보는 라막스의 눈길이 몹시 친절해졌다. 그는 두 사람을 물끄러미 보다가 슬그머니 제안을 걸어왔다.

"혹시 자네들, 우리 적색바위 발굴단의 정식단원이 될 생각없나? 그저 임시 단원으로 남기에는 너무 아까운 인재인 것같아서 말이야. 만일 우리 발굴단의 단원이 된다면, 유물을 가져왔을 때 보상을 더 후하게 쳐주겠네."

「적색바위 발굴단장 라막스가 제안을 해왔습니다.
정식단원이 되면, 공적에 관한 보상이 증가하나 발굴단과 항시 동행해야 합니다.
발굴가 클래스로 전직하시겠습니까?」

이전의 삶에서 강윤수도 발굴가 클래스로 활동한 적이 있었다. 물론 일개 발굴단원이 아닌 대륙에서 제일 커다란 발굴단을 지휘하는 단장이었지만.

일천 번째 삶에서 발굴가 클래스로 전직할 생각은 없었다.

"거절하겠습니다."

"좋은 제안이시지만, 저도 발굴가가 되고 싶진 않아요."

라막스는 사뭇 아쉬운 표정을 지었다.

"그래? 안타깝군. 혹시라도 마음이 바뀌면 나한테 말해주게나."

강철금고와 비슷하게 생긴 수납함이 보였다. 강윤수는 수납함의 중앙 단추를 눌렀다. 그러자 공적치와 교환할 수 있는 다양한 아이템 목록이 표시됐다.

「공적치를 어떤 물품으로 교환하시겠습니까?」

번개폭풍 지팡이-공적치 100,000

비상한 마력의 팔찌-공적치 50,000

달인의 곡괭이-공적치 45,000

정밀감정 돋보기-40,000

일반 상점에서 구입할 수 없는 희귀한 아이템들이었다. 특히 번개폭풍 지팡이는 10만의 공적치가 필요했다.

'번개폭풍 지팡이는 지금이라면 꽤 괜찮은 아이템이지.'

마법지팡이는 소유자의 마력을 늘려줄 뿐만 아니라 마법의 위력을 대폭 향상해 준다. 기본적으로 실피아 대륙에서는 등급 높은 마법장비를 구하기 힘들었다. 그렇기에 일반 등급 이상의 마법장비는 상당한 값어치가 있었다.

많은 공적치를 소모하는 만큼, 번개폭풍 지팡이는 강력한 위력을 지녔음이 틀림없었다. 그러나 10만의 공적치는 수많은 발굴가의 업적을 합쳐도 부족한 수준이었다.

지금껏 많은 발굴가가 탐했으나 그 누구도 번개폭풍 지팡이를 얻진 못했다. 강윤수는 목록의 아랫부분을 바라봤다.

불새깃털 촛대-공적치 1,800

차원배낭-공적치 1,200

합금 삽-공적치 700

강윤수는 발굴 공적치를 소모해 차원배낭을 얻었다. 유물을 담기에 지금 배낭은 크기가 협소했기 때문이다. 차원배낭은 안쪽으로 무수한 공간이 펼쳐져 많은 아이템을 보관할 수 있었다.

발굴 도구를 차원배낭에 담고 강윤수는 말했다.

"가자."

"네."

두 사람이 발굴지로 가 부지런히 발굴을 계속했다.

발굴가 클래스였다면, 특유의 스킬로 더 빠르게 유물을 채집할 수 있었을 테지만, 그들은 관련 스킬을 가지고 있지 않아 약간 유물 찾아내는 속도가 더뎠다.

그러나 그들은 진귀한 유물을 연이어 찾아냈다.

「옛 영애의 브로치」

가치-155

어느 귀족 영애가 착용했던 브로치. 아직도 누군가의 혈흔이 말라붙어 있다.

「진주구슬 띠」

가치-279

큼지막한 진주를 아낌없이 장식한 머리띠. 진주의 보존 상태가 훌륭해 따로 떼어서 팔아도 무리가 없다.

「신비의 호박」

가치-417

영롱한 빛깔의 호박. 내부에 알 수 없는 생물체가 굳어져 있다. 유능한 학자를 찾아가면 호박의 정체를 알아낼 수 있을지도 모른다.

강윤수가 가리킨 지점에서 발굴 작업을 지속한 덕분이었다.

샤네트는 지친 것도 잊어버리고 기쁜 마음으로 차원배낭 한계까지 발굴품을 담았다.

'좀 더 캐내고 싶지만, 보존 상태가 좋은 유물들은 여기까지야. 다른 것들은 수리를 하거나 복구마법을 부여해야 하니 욕심은 그만 내야겠군.'

두 사람이 다시 지상으로 올라가던 도중이었다.

"키리그리야아악……!"

지하 밑바닥으로부터 커다란 진동이 울렸다. 울음소리 비슷한 굉음도 들려왔다. 뭔가 심상치 않은 징조 같았다. 근원을 알 수 없는 불길함에 샤네트는 고개를 갸웃거렸다. 그러나 멈추지 않고 강윤수를 따라갔다.

유물을 상납하자 라막스는 또다시 감탄했다.

"또 한 건 했군! 자네들 정말 우리 발굴단에 들어올 생각 없나? 아쉬워서 그러네."

두 사람은 이번 역시 거절했고 라막스는 아쉬운 표정을 지었다.

「적색바위 발굴단에 훌륭한 유물을 상납했습니다.
공적치가 1,917 올랐습니다.
현재 공적치: 2,045」

강윤수는 차원배낭을 1개 더 얻었다. 새로운 차원배낭은 샤네트의 몫으로 했다. 두 사람이 다시 발굴지로 가려던 참이었다. 거대한 바위 아래로부터 찢어질 듯한 비명 소리가 들려왔다.

"으아아악—!"

발굴지의 출입구로부터 사람들이 창백한 표정으로 뛰쳐나왔다. 온몸이 피로 흠뻑 젖은 자도 있고, 복부에 큰 상처를 입어 숨을 헐떡이는 자도 있었다.

"뭐, 뭐야?"

"어떻게 된 거야!"

발굴지 근처에 있던 사람들이 모여들었다. 발굴지 내부에서 뭔가 커다란 사건이 있었음이 틀림없었다. 앙상한 뺨이 눈물로 흠뻑 젖은 여자가 목청이 찢어져라 소리쳤다.

"다들 들어오지 마요! 지금부터 누구도 이 발굴지에 들어와선 안 돼요!"

사람들은 서로를 어리둥절한 눈빛으로 돌아보았다.

한 남자가 물었다.

"어째서 말입니까?"

"보스, 보스 몬스터가 발굴지 지하에서 나타났어요. 커다랗고 날아다니는 몬스터였는데, 사람들을 닥치는 대로 공격했어요. 그래서 유물을 발굴하던 지하의 사람들은 그만 고립되고 말았어요…… 흐윽!"

사람들은 당황한 표정을 지었다.

보스 몬스터?

이 발굴지에 말인가?

공포에 질린 생존자들의 얼굴을 봐선 결코 거짓말은 아닌 것 같았다. 더군다나 그들의 몸에 밴 핏자국은 확연히 진짜였다. 그녀의 말이 사실임을 깨닫고 몇몇 사람이 침착히 소리쳤다.

"누가 발굴단장 좀 불러와!"

"혹시 치유사 클래스 없나? 다친 사람들 상처 좀 봐달라고!"

한 남자가 서둘러 다가가 물었다.

"발굴지 내부에 있던 사람들은 모두 죽었습니까?"

"아, 아직 사망자는 없어요. 하지만 보스 몬스터가 발굴지 내부를 배회하고 있어요. 아무도 들어가선 안 돼요. 틀림없이 죽게 될 거예요!"

여자는 하염없이 공포에 질려 흐느꼈다.

라막스를 포함한 발굴단 단원들이 전부 뛰쳐나왔다. 사정을 들은 라막스는 심각한 표정을 짓더니 말했다.

"발굴단의 모든 발굴 작업을 중단하겠습니다. 앞으로 거대 바위 발굴지는 일절 출입 금지입니다. 임시 단원을 포함한 모든 외부인은 당장 여기서 벗어나 주십시오."

그리고 라막스는 적색바위 단원들을 향해 말했다.

"지금부터 탐사대를 조직하겠다. 발굴지 안에는 보스 몬스터가 날뛰고 있으며, 아직 생존자들이 있다. 이는 발굴지 내부를 정확히 파악하지 못했던 우리 발굴단의 책임이 크다. 발굴지에서 희생자가 나온다면, 더 이상 도시의 지원을 받을 수 없게 될 것이다. 우리는 무슨 짓을 해서라도 생존자들을 구출해야 한다."

그때 한 단원이 난색을 보이며 의견을 제기했다.

"하지만 발굴단장님, 말씀하신 대로 저희도 저 발굴지 내부를 정확히 파악하지 못했습니다. 그런데 어떻게 사람들을 찾아내 구해낸단 말입니까? 자칫하면 저희조차 저곳에서 길을 잃을 수 있습니다."

"흐음……."

라막스는 고민했다.

냉정한 답변이었으나 일리 있는 말이었다. 섣불리 보스 몬스터가 날뛰는 발굴지에 들어가는 것은 더 많은 자를 위험에 몰아넣을 뿐이었다.

발굴단장은 탄식했다.

"발굴지 내부의 지리를 꿰고 있는 사람이 있었다면……."

"제가 알고 있습니다."

모두의 시선이 한 남자에게로 쏠렸다.

바로 강윤수였다.

"저는 발굴지의 내부 지리를 알고 있습니다."

"뭐, 뭐라고?"

"제가 당신들을 안내하겠습니다."

강윤수는 지독하게 뻔뻔한 제안을 아무렇지도 않게 했다.

"그 대신 생존자를 구해낼 때마다 공적치를 주십시오."

당돌한 제안이었다.

발굴단원들은 노골적으로 불쾌한 표정을 지었다.

"지금 장난해요? 사람 목숨으로 거래하자는 겁니까?"

"당신이 발굴지 내부에 해박하단 걸 우리가 어떻게 믿죠?"

그러나 발굴단장 라막스는 고개를 가로저었다. 노인은 단원들을 중재하며 단호히 말했다.

"잠깐. 이 청년은 믿을 수 있네. 내가 보증하지."

훌륭한 유물을 상납해 발굴단장의 신임을 얻은 덕분이었다. 라막스는 눈썹을 길게 올렸다.

"자네가 발굴지의 지리를 알고 있단 말인가?"

"예."

"그 말이 사실이라면 반드시 자네와 동행하는 수밖에 없겠군. 한 사람당 공적치 얼마를 원하나?"

"1,000."

1,000의 공적치는 최소 보존 가치가 훌륭한 유물 서너 개는 들고 와야 받을 수 있었다.

그걸 사람 한 명 구해내 받겠다고? 사람 목숨이 중하지 않은 것은 아니지만, 사치스럽고 뻔뻔한 요구였다.

강윤수에게 신뢰를 지녔던 라막스조차 얼굴을 찌푸렸다.

"너무하는군. 그 부탁은 들어줄 수 없네."

"그 대신 사람을 구해 얻은 공적치는 보스 몬스터를 사냥한 뒤 받도록 하겠습니다."

라막스뿐만 아니라 발굴단원 전원이 놀란 표정을 지었다.

"뭣? 자네가 발굴지에 출현한 보스 몬스터를 처치하겠단 말인가?"

"예."

강윤수는 고개를 끄덕였다. 눈앞에 있는 보상 좋은 몬스터를 그가 잡지 않고 지나칠 리 없었다.

그는 이어서 말했다.

"발굴지의 보스 몬스터를 죽이지 못한다면, 합산한 공적치는 받지 않겠습니다."

"흐음……."

라막스는 깊이 고뇌했다. 확실히 발굴지의 보스 몬스터는 예상 못 한 변수였다. 이대로 방치했다간 앞으로의 발굴 일정에 차질이 생길 것이고, 예산 지원도 받지 못하게 되고 만다.

고민 끝에 발굴단장은 강윤수의 제안을 승낙했다.

"알겠네. 자네의 제안을 받아들이도록 하지."

강윤수, 샤네트, 그리고 적색바위 발굴단은 거대바위 틈을 걸어가 발굴지 내부로 진입했다.

발굴지의 지하는 여전히 깊고 광활했다. 지나친 고요가 긴장감을 고조시켰다. 강윤수는 앞장서서 걸어갔다. 발굴단이 그의 뒤를 따르길 주저하고 있자 샤네트가 말했다.

"믿어도 돼요. 그러는 게 속 편하거든요."

그렇게 말하더니 그녀는 제일 먼저 강윤수를 뒤따라갔다. 적색바위 발굴단도 반신반의하며 두 사람의 뒤를 따랐다.

미로 같이 얽힌 내부를 강윤수는 망설임 없이 걸었다. 그는 갈림길을 선택할 때도 조금의 주저가 없었다. 세상에서 가장 유능한 길잡이도 미로처럼 복잡한 발굴지 내부를 저토록 빠르게 걷진 못할 것이다.

곧 저편에서 누군가의 목소리가 들려왔다.

"앗! 사람이다!"

"다행이야! 이젠 살았어!"

지하에서 발굴 작업을 하던 생존자들. 보스 몬스터에게 쫓기다 길을 잃어버린 그들은 상처를 입거나 지친 상태였다. 발굴단원들을 그들의 상처에 붕대를 감아주거나 가져온 식수를 마시도록 해주었다.

약간의 생존자를 포함해 일행이 늘어났다.

강윤수는 계속해서 앞장서 걸었다. 갈림길을 선택하고, 낯선 지대를 걸어갈 때마다 길 잃은 생존자들이 연이어 나타났다. 이 마법 같은 일에 발굴단원들은 놀라지 않을 수 없었다.

그의 길 찾기 실력에 경악한 단원이 샤네트에게 물었다.

"대체 무슨 짓을 했기에 우리도 모르는 발굴지 내부를 이렇게 잘 알고 있죠? 저 젊은 청년이 잔뼈 굵은 탐험가라도 되는 겁니까?"

"흐음. 어쩌면 그럴지도 몰라요. 하지만 강윤수 님이라면 검사, 네크로맨서, 연금술사, 예언자도 겸업하고 있는 걸요?"

그녀의 대답에 단원들은 기막힌 표정을 지었다.

강윤수는 계속해서 생존자를 찾아갔다. 홀로 있다가 마지막으로 일행에 들어온 소년이 꿀꺽꿀꺽 물을 마시곤 말했다.

"보스 몬스터에게 쫓기던 건 제가 마지막이었어요."

생존자들에게 물어보자 그들도 떨어진 일행은 없다고 대답했다.

라막스는 안도의 한숨을 쉬었다.

"다행이군. 그래도 인명 피해는 없었으니. 이제 발굴지에서 빠져나가는 일만 남았군."

그때였다.

저편으로부터 큰 소리가 들려왔다. 사람의 목소리가 아닌, 쇠를 긁는 듯한 기묘한 울음소리였다.

"키리그르야아아악……!"

"보, 보스 몬스터예요! 우리를 모두 죽이려고 했던 그 녀석!"

생존자 중 하나가 기겁하며 속삭였다. 생존자들은 모두 마른침을 삼키며 숨을 죽였다. 발굴단원들도 긴장하며 저마다 무기를 빼 들었다. 저쪽 귀퉁이에서 커다랗고 가시 같은 그림자가 드리우려던 참이었다.

강윤수가 오른팔을 내뻗었다.

"백랑괴수 화이트 소환."

커다란 흰빛 웨어울프가 모습을 드러냈다. 여전히 목에는 굴복의 목줄을 착용한 상태였다.

사람들은 기겁했고, 샤네트도 무척 놀랐다.

지금 이 상태에서 화이트가 포효라도 했다간, 보스 몬스터의 포위망에 걸릴 것이 분명했다. 그러나 화이트는 평소와 달리 조용했다. 화이트는 거친 울음 없이 강윤수를 조용히 내려다보았다.

백랑괴수는 낮게 으르렁거리더니 말했다.

"캬르르르릉…… 오칸, 아루키란. 라미쿠루느라. 라미르, 우르노크라."

화이트는 웨어울프의 언어로 말하기 시작했다. 다른 사람들에게는 의미 없는 울음소리에 불과했지만, 오로지 강윤수만은 백랑괴수의 말을 이해할 수 있었다.

해석하자면, 이런 의미였다.

'캬르르르릉…… 인간, 나는 네가 못 미더웠다. 나보다 약하고, 성격도 더럽다고 생각했다. 한마디로, 너는 네 애비좆 같은 새끼였다.'

화이트의 목소리는 진지했다.

'하지만 내 생각은 이제 바뀌었다. 저번에 너의 손목보호대에서 나왔던 고대늑대. 힘의 늑대 아우론! 모든 늑대가 존경해 마지않는 존재다. 아우론께서 널 도왔다면, 그만한 이유가 있을 것이다. 나는 이제 너를 주인으로 인정하겠다.'

그러자 화이트의 목에 걸려 있던 쇠사랑이 촤르륵 갈라졌다. 굴복의 목줄이 풀렸다. 화이트가 강윤수를 완전히 주인으로 인정한 것이다. 강제종속이 풀렸음에도 화이트는 전혀 난폭하지 않은, 충견과도 같은 눈길로 강윤수를 바라봤다.

강윤수는 말했다.

"화이트."

"챠르노로키?"

"보스 몬스터의 미끼가 되어라."

"……가루쿠르."

평소의 화이트였다면 절대 듣지 않았을 명령이었다. 그러나 화이트는 고개를 끄덕이더니 굳건히 저편으로 뛰어갔다.

"세상에……."

본래 웨어울프는 난폭하고 야성이 맹렬한 몬스터로 유명하다. 황소 한 마리도 웨어울프의 손길 한 번이면 박살이 나버린다.

그런 웨어울프가 일개 인간의 명령을 순순히 따라 움직이자, 다들 강윤수를 바라보는 시선이 달라졌다. 일개 길잡이라고 보기에는 너무나 독특한 점이 많았다.

곧 저편에서 화이트의 난폭한 포효와 거친 전투음이 들려왔다.

"가죠."

생존자와 발굴단은 서둘러 지상으로 향했다. 출구를 눈앞에 둔 순간, 뒤편에서 커다란 진동이 울렸다. 샤네트가 일전에 느꼈던 그 진동이었다.

"키리그루리야아아아아아악─!"

뼈로 이뤄진 용. 거죽 하나 없이 뼈다귀로 이뤄진 날개 두 장. 두개골 속에서 붉은 안광이 번들거렸다. 커다랗고 흉악한 몰골이었다.

「화석룡 스켈트로돈(보스, 레벨 174)이 출현했습니다!」

화석룡.
사라진 역사에 살았던 고대의 생명체.
다른 보스 몬스터와 달리 저 홀로 등장했으나 그 위압감은 무시무시했다. 오랜 세월 지층에 억압되어 있어, 일반 드래곤에 비해 덩치가 작고 이빨은 무뎠으나 뼛속 깊이 빛나는 생명의 핵은 찬란하기 그지없었다.

화석룡은 뼈뿐인 날개를 휘날리며 재빠르게 날아왔다.

"캬르르릉-! 로크르-! 우르노크라-!"

뒤편에서 질주해 온 화이트가 높이 뛰어 날개를 매섭게 쳐내고 화석룡의 비행을 방해했다. 생존자들은 비명을 내지르며 발굴지 밖으로 뛰쳐나왔다.

그때 한 사람, 인파에 밀려 넘어진 자가 있었다.

"어억!"

"바, 발굴단장님!"

바로 라막스였다.

화석룡 스켈트로돈은 뒤처진 노인을 놓치지 않았다. 화석룡은 뼈로 된 아가리에서 흑염을 내뿜었다. 시커먼 불길은 무시무시한 고열을 품고 있었다.

화이트가 흑염숨결을 피하는 사이, 스켈트로돈은 재빠르게 날아와 라막스에게 접근했다.

"으윽-!"

라막스는 두 눈을 질끈 감고 몸을 움츠렸다. 화석룡이 라막스를 갈기갈기 찢어놓기 직전이었다.

챙-!

긴발의 치이료 강윤수가 휘두르 장검이 화석룡의 발톱을

비스듬히 쳐냈다. 그 틈에 라막스는 간신히 발굴지 밖으로 뛰쳐나올 수 있었다. 발굴지 밖으로 나오자 화석룡은 더 이상 그들을 뒤쫓지 않았다.

마치 이 발굴지만이 자신의 거처라고 말하듯이.

"가, 감사합니다!"

"덕분에 살았어요!"

살아남은 생존자들이 앞다퉈 강윤수에게 감사 인사를 표했다. 간신히 살아난 라막스도 떨리는 목소리로 소리쳤다.

"정말 고맙네! 자네가 아니었다면, 나는 그 자리에서 죽고 말았을 게야!"

그러나 강윤수는 그들의 인사를 들은 체도 하지 않았다. 그는 허리춤에 찬 라비안의 장검을 들었다.

강윤수는 낮게 말했다.

"가자."

"네!"

샤네트가 사이드를 빼 들며 힘차게 말했다. 두 사람은 발굴지 내부로 들어갔다. 화이트도 으르렁거리며 발톱을 내세웠다.

화석룡 스켈트로돈은 붉은 안광으로 적을 주시했다. 척추뼈를 곧추세우더니 화석룡은 사납게 울부짖었다.

"키리그리야아아아악-!"

"로튼 머드젬 76마리 소환. 블러드 빅뱃 316마리 소환."

강윤수는 언데드 군단을 불러냈다.

그는 날아오르는 화석룡을 가리키며 말했다.

"죽여라."

"퀴르르륵–!"

블러드 빅뱃들이 날개를 퍼덕이며 날아올랐다. 천장 위에서 화석룡과 블러드 빅뱃들이 공중전을 펼쳤다. 블러드 빅뱃은 날카로운 송곳니로 스켈트로돈을 공격했다. 대지에 있는 로튼 머드젬들은 발굴지의 흙을 모아 화석룡에게 진흙 포탄을 날렸다. 그러나 견고한 뼈를 지닌 용에게는 별반 피해를 주지 못했다.

"키리크리야아아악–!"

스켈트로돈이 크게 선회하더니 뼈 아가리에서 시커먼 화염을 토해냈다.

흑염숨결.

정령의 불꽃보다도 강렬한 화염이었다. 화석룡은 불꽃 내성이 강한 몬스터였기에 지금은 샐리를 꺼내도 도움이 되지 않을 것이다.

블러드 빅뱃들이 순식간에 타버리며 추락해 버렸다.

강윤수는 손을 휘저으며 명령을 내렸다.

"로튼 머드젬, 블러드 빅뱃의 시체를 받아 위로 쏘아 올려라."

로튼 머드젬은 시체 조각이 떨어질 때마다 도로 화석룡을 향해 진흙과 함께 토해냈다. 스켈트로돈의 날개에 시체가 맞닿을 무렵 강윤수는 재빨리 스킬을 사용했다.

"사체폭발."

연속으로 블러드 빅뱃의 시체가 터지며 화석룡에게 피해를 주었다. 계속해서 스킬을 쓰자 사체폭발의 스킬 레벨이 올라갔다.

「사체폭발의 스킬 레벨이 올랐습니다.
폭발이 연쇄적인 파괴를 일으킵니다.」

연이은 폭발의 여파로 날갯짓에 집중할 수 없게 되자 스켈트로돈은 대지로 내려왔다.

그 순간, 샤네트가 화석룡의 꼬리뼈에 데스 사이드를 내리찍었다.

"카리그리야아악-!"

화석룡은 고통에 몸부림치더니 검은 불길을 토해냈다.

"까아악-!"

흑염을 받아내려던 샤네트는 화염의 온도가 자신에게도 뜨겁단 것을 깨달았다. 그녀의 열 내성으로도 화석룡의 흑염을 견뎌낼 순 없었던 것이다.

"캬르르릉-!"

화이트가 날카로운 발톱으로 화석룡의 갈비뼈를 뜯어낼 듯이 파고들었다. 화석룡은 몸부림치며 백랑괴수의 목덜미를 물어뜯었다. 끔찍한 고통에 화이트가 비명을 내지르는 순간, 강윤수의 새카만 장검이 화석룡의 두개골을 강타했다.

화석룡이 발톱을 휘저었으나 강윤수는 몸을 낮춰 피하고 칼을 내찔렀다. 검의 끄트머리가 갈비뼈 사이로 번뜩이는 생명의 핵을 찔렀다. 그러자 화석룡이 고통스럽다는 듯 몸을 크게 비틀었다.

그 순간, 강윤수는 스킬을 사용했다.

"생체흡수."

라비안의 장검에 내재된 스킬, 생체흡수. 칼날에 맞닿은 적의 생명력과 특성을 흡수하는 기술이었다.

「화석룡 스켈트로돈의 생명력을 소량 흡수했습니다.

화석룡의 특성을 조금 물려받아 골절상을 입을 확률이 낮아졌습니다.」

거기서 끝나지 않았다.

생명억압의 반지의 효과로 마나가 빠르게 차올랐다.

강윤수는 연이어 스킬을 발동했다.

"라이프 드레인."

네크로맨서 전승비기, 라이프 드레인. 역시나 적의 생명력을 흡수하는 스킬이었다. 두 가지 흡수 스킬로 화석룡의 생명력은 저하되는 반면, 강윤수는 지치지 않고 싸워나갈 수 있었다.

"카리그리야아악—!"

성가시다는 듯 화석룡은 오래된 몸뚱이를 강윤수를 향해 날렸다.

챙—!

강윤수의 화려한 칼부림이 화석룡을 연속 공격했다. 그러나 화석룡의 뼈다귀는 강력했다. 견고한 뼈는 칼날로도 금이 가지 않을 만큼 단단했다.

"키리크리야아악—!"

화석룡의 아가리에서 흑염이 튀어나왔다. 맹렬히 공격을 퍼붓던 그들은 일순간 주위로 흩어졌다. 뜨거운 불길이 지하에 닿아 흙바닥을 부식시켰다. 조금만 스쳤더라도 쉽게 회복할 수 없는 피해가 남았을 것이다.

'이놈은 상대할 때마다 귀찮군.'

화석룡은 강력한 보스 몬스터였다. 뼈의 내구력이 단단해 칼날로도 피해를 주기 쉽지 않고, 거대한 몸집에 비해 재빠르다. 재빠른 비행이 가능하며, 입에서 뿜어져 나오는 까만 불길은 모든 걸 녹여버렸다.

블러드 빅뱃은 모두 파괴되었고, 로튼 머드젬도 몇 마리 남아 있지 않았다. 상황은 그들에게 전혀 우세하지 않았다.

강윤수가 말했다.

"후퇴한다."

화석룡이 종유석을 부수며 쫓아왔지만, 강윤수는 샤네트의 손을 붙잡고 화이트 위에 탑승했다.

화이트는 무서운 속도로 질주했고 그들은 간신히 발굴지 밖으로 탈출할 수 있었다.

"오오. 자네들, 괜찮나?"

라막스가 걱정스러운 표정으로 다가왔다. 발굴단원과 생존자들도 우려 깊은 표정이었다.

속내는 전혀 그렇지 않았지만, 강윤수는 일부러 힘없이 말했다.

"괜찮습니다. 하지만 화석룡을 처치하진 못했습니다. 안타깝군요."

"흐음……."

라막스는 깊이 고뇌했다.

그러나 곧 발굴단장은 결단을 내렸다.

"자네는 나뿐만 아니라 모두의 은인일세. 그런 은인이 이토록 고생하는데 그저 두고만 볼 수는 없지. 더군다나 저 화석룡을 방치했다간 발굴 작업을 지속할 수도 없을 테고 말이야. 합산한 공적치를 지금 바로 주겠네."

「적색바위 발굴단과 민간인 150명을 구출한 공로를 인정받았습니다 공적치가 150,000 올랐습니다.

현재 공적치: 151,373」

어마어마한 공적치.

몇 달 동안 작업을 지속해온 발굴가라도 결코 얻어낼 수 없는 보상이었다. 강윤수는 150,000의 공적치를 소모해 번개폭풍 지팡이와 비상한 마력의 팔찌를 얻었다.

「번개폭풍 지팡이」

등급-희귀

마나 증가량: 125

강력한 벼락을 내리칠 수 있는 지팡이. 함부로 쓰다간 소유자 자신도 감전사할 수 있다. 하루 4번 뇌전방출 스킬을 사용할 수 있다.

「비상한 마력의 팔찌」

등급-희귀

마나 증가량: 445

마나회복속도 +25

소유자의 마력을 크게 증가시킨다. 마나회복속도기 증가한다.

목걸이, 반지, 팔찌 따위의 장식품은 가격이 비싸게 거래됐다. 무기나 방어구에 비해 제작하기 까다롭고 약간의 기능만 부여됐어도 몸에 많이 착용할 수 있기 때문이었다.

더군다나 마력을 증진시키는 팔찌. 상당한 값어치를 하는 물건이었다.

샤네트는 설마 하는 눈빛으로 물었다.

"마법지팡이도 다룰 줄 아세요?"

지팡이를 쥐었다고 한들 마력에 관한 이해가 없다면 마법을 능숙히 사용할 수 없다. 소서러 클래스 전직이 어려운 이유가 바로 그것이었다.

단순히 지팡이를 휘두르는 동작뿐 아니라 작게는 한 가지, 높게는 수십 가지의 계산이 연산된 동작이 있어야 마법이란 결과로 귀결되기 때문이었다.

언데드 부활이나 정령 소환과 공격형 마법에는 지대한 차이가 존재했다. 그러나 강윤수는 당연하다는 듯 고개를 끄덕였다.

"어."

한때 강윤수는 모든 계열의 마나를 정복한 마법사로 군림한 경험이 있다. 마법사와 검사.

양측 모두 정점을 찍어본 강윤수는 각 직업의 특성을 완벽히 이해했다.

'마법사는 패싸움에 능하고, 전사는 맞대결에 능하지.'

그는 왼손에 번개폭풍이 지팡이를 쥐고, 오른팔에 비상한 마력의 팔찌를 찼다. 오른손에는 새카만 장검, 왼손에는 화려한 문양의 지팡이를 들자 검사라고 하기에도 마법사라고 하기에도 모호한 외견이 되었다.

겉모습을 미루어 보자면 옛이야기에서나 나올 법한 마검사의 생김새였다. 강윤수에게 신뢰가 생긴 생존자들조차 의문을 표했을 정도였다.

"뭐야? 왜 검이랑 지팡이를 동시에 장비하지?"

"검을 쓰면서 마법을 사용하겠단 건가?"

"그럴 리가! 그건 왼손으로 바느질하면서 오른손으로 망치질하겠다는 말이랑 똑같잖아?"

"설마 저 남자, 듀얼 클래스 아니야? 두 가지 클래스가 합쳐졌다는, 그 희귀 직업!"

사람들의 수군거림에도 강윤수는 발굴지로 묵묵히 걸어갔다. 데인 상처를 혀로 핥아대던 화이트도 그 뒤를 따랐다.

그의 곁에서 샤네트가 진지하게 물었다.

"강윤수 님은 대체 못 하시는 게 뭐예요?"

강윤수는 진지하게 고민한 뒤 대답했다.

"금주(禁酒)."

"……."

다시금 발굴지 내부로 들어왔다.

화석룡이 뼈로 된 날개를 펼치며 포효했다.

"키리그리야악-!"

화석룡이 낮게 비행해 오자 강윤수는 번개폭풍 지팡이를 들어 지상에 강하게 내려쳤다.

파지지직-!

흙더미가 뒤섞인 벼락이 솟구쳤다. 닿기만 해도 온몸이 감전될 듯한 푸른 낙뢰였다. 매서운 벼락이 화석룡을 격추해 강렬한 피해를 주었다.

강윤수는 연이어 공격 마법을 사용했다.

"뇌전방출."

뇌전방출은 마법지팡이에 충전된 마나를 소모해 더 강렬한 벼락을 뿌리는 스킬이었다. 더욱 강력하고 커다란 낙뢰가 화석룡의 몸을 내려쳤다. 그 틈을 놓치지 않고 화이트가 질주해 발톱을 폭풍처럼 휘둘렀다.

"카르릉-! 우르노크라-!"

화석룡이 꼬리뼈를 상단으로 길게 휘저었다.

화이트는 옆구리를 처맞았으나 밀려나지 않고 간신히 버텨냈다. 백랑괴수는 날선 이빨로 화석룡의 꼬리뼈를 우드득 물고 버렸다. 그사이 샤네트가 나서 스켈트로돈의 머리뼈에 데스 사이드를 내리찍었다.

화석룡이 거칠게 저항했으나 샤네트는 연속해서 대낫을 세차게 내려쳤다.

퍼걱-! 퍼거걱-!

「화석룡 스켈트로돈이 나태의 저주에 걸렸습니다.

활동력이 크게 저하되고 방어력이 하락합니다.」

나태의 저주.

데스 사이드의 부가 옵션이었다. 치명상을 입혔을 때 내려
지는 7가지 저주 중 하나. 화석룡의 움직임이 느려지고 뼛골
도 약간 무뎌졌다.

강윤수는 화석룡의 눈앞에서 검과 지팡이를 연이어 휘둘렀
다. 번개폭풍 지팡이를 휘두를 때마다 푸른 벼락이 내리쳤다.

반면 라비안의 장검은 내꽂을 때마다 생명의 핵을 찔러 화
석룡에게 치명타를 주었다. 생체흡수와 라이프 드레인으로
생명력을 흡수하는 것도 잊지 않았다.

강윤수의 매서운 공격에 정신을 차리지 못하던 화석룡은
갑자기 아가리를 크게 벌렸다.

"피해."

강윤수의 명령에 샤네트와 화이트가 재빨리 뒤로 물러났
다. 화석룡이 토해낸 흑염은 방금까지 그들이 서 있던 흙바닥
을 녹여버렸다. 보통 드래곤이 내뱉는 브레스 스킬은 그 횟수
가 정해져 있고 준비 시간도 필요했다. 그러나 그 위력은 가
공할 만했고 결코 무시할 수 없었다.

이대로 몰아갈지언정 화석룡이 계속 흑염숨결을 내뱉는다
면 싸움의 승세를 잡을 수 없었다.

이변이 일어난 것은 그때였다.

샤네트가 갑작스레 가슴을 움켜쥐고 무릎 한쪽을 꿇었다. 그녀는 숨을 거칠게 내쉬었다.

"뭐, 뭔가 가슴 속에서 뜨거운 것이……!"

기회를 놓치지 않고 화석룡은 샤네트를 향해 흑염숨결을 내뱉었다.

화악-!

시커먼 고열의 불꽃이 샤네트의 몸을 휘감았다. 그러나 샤네트는 불타지 않았다. 그녀의 몸 주변에서 붉은 광휘가 감돌았다.

새빨갛고 영롱한 빛깔.

힘의 조각으로부터 흘러나왔던 바로 그 빛깔이었다.

「선택받은 자가 모든 조건을 만족했습니다.

힘의 조각이 1차 개방됩니다.」

「기존의 병사 클래스가 이그누스 워리어 클래스로 변경되었습니다.

병사 클래스의 특성과 스킬이 소멸됩니다.

이그누스 워리어 클래스 고유의 스킬을 획득했습니다.

전직에 의해 새로운 특성이 부여됩니다.」

「불에 대한 저항력이 한 단계 올랐습니다.

화염에 의해 착용한 장비가 불타지 않습니다.

근력과 체력이 더욱 상승합니다.

마나 전체량이 늘어납니다.

불의 정령 친화력이 올라갑니다.

얼음의 정령 친화력이 낮아집니다.

모든 무기술이 한 단계 발전합니다.

이그누스 드래곤의 속삭임을 들을 수 있습니다.」

「고유스킬 염화술을 배웠습니다.

고유스킬 파이어 스트라이크를 배웠습니다.」

클래스 변경.

또 다른 클래스로 직종을 변경하는 것이라면 몰라도 강제로 클래스가 변환되는 사례는 희귀했다. 병사 클래스의 이점이 소멸했지만 오히려 이득이었다.

이그누스 워리어는 신체 능력뿐만 아니라 모든 면에서 병사보다 우월했기 때문이다. 무기를 다뤄도 지치는 경우가 적고, 불에 대한 면역도 강했다. 또한, 일반 전투 계열 클래스에 비해 다룰 수 있는 무기의 폭도 넓었다.

"하아…… 하아……."

샤네트는 심호흡을 몇 번 했다. 이전과 몸의 움직임이 확연히 달랐다. 강윤수에게 짐이 되고 싶지 않다는, 더욱 강해지고 싶다는 욕구가 그녀를 변화시켰다.

이제 화석룡의 흑염숨결도 두렵지 않았다.

새롭게 의지를 다잡은 샤네트에게 강윤수는 말했다.

"샤네트."

"네! 힘이 정말 넘쳐요!"

"방패 해줘."

"……네."

화석룡이 흑염숨결을 토해낼 때마다 샤네트가 앞장서 막아 냈다. 새까만 불꽃은 그녀에게 어떤 피해도 주지 못했다. 궁지에 몰린 화석룡은 무참히 공격받았다.

"뇌전방출. 뇌전방출. 뇌전방출."

번개폭풍 지팡이로부터 미친 듯한 전력이 뿜어져 나와 화석룡에게 무지막지한 피해를 입혔다. 강렬한 마법공격은 딱히 마법보호막을 두르고 있지 않은 화석룡에게 강렬한 충격을 주었다. 그토록 단단하던 뼈다귀에도 깊게 금이 갔다.

"키르그리야아아악-!"

화석룡이 도주하기 위해 두 날개를 활짝 폈다. 그 순간, 샤네트와 화이트가 양쪽 날개를 동시에 공격해 보스 몬스터를 떨어뜨렸다.

강윤수는 두개골의 중심점을 노리고 장검을 세차게 내찔렀다. 화석룡의 머리뼈가 부서지고 생명의 핵이 터졌다.

「화석룡 스켈트로돈(보스, 레벨 174)을 쓰러뜨렸습니다.
레벨이 12 올랐습니다.」

강윤수의 레벨은 86이 되었다.

그는 담담히 화석룡의 시체를 해체해 차원배낭에 담았다.

「고대용의 뼈」

　　화석룡의 몸을 이루고 있던 뼈. 연구학적 가치가 풍부하며,
대장장이 재료로 사용할 수도 있다. 오래된 뼈임에도 풍화
되지 않고 강한 내구력을 지니고 있다.

「스켈트로돈의 눈동자」

　　빛깔-적안

　　고대용의 눈동자. 너무나 오래되어 결정화되어 있다. 고대
용의 마력이 깃들어 있다.

드래곤의 눈동자는 색깔에 따라 각기 다른 마력을 지녔다.

스켈트로돈처럼 적안일 경우는 화염의 마력이었다.

특수한 마법이나 세공 도구를 사용해 용안석(龍眼石)으로 강
화하는 일도 가능했다.

'스켈트로돈의 눈동자는 당장 쓸 일이 없지만, 혹시 모르니
배낭에 넣어 둬야겠군.'

화석룡의 시체 아래에는 반짝이는 물건들이 놓여 있었다.

독특한 문자가 쓰여 있는 석판과 영롱한 광채의 바윗덩어리

였다.

강윤수는 차원배낭에 두 아이템을 모두 담았다. 발굴지 밖
으로 나온 강윤수는 화석룡 처치 소식을 알렸다.

라막스는 크게 기뻐하며 강윤수와 샤네트의 손을 붙잡고
연신 흔들었다.

"고맙네! 자네가 아니었으면 우리 발굴단은 이대로 괴멸했
을 걸세!"

강윤수는 차원배낭에서 기록의 석판을 꺼내 내밀었다.

라막스와 발굴단원들이 경악한 표정을 지었다.

"이건…… 고대의 석판이군?"

"지, 지금은 사라진 유물인 줄 알았는데?"

"역시 보통 남자가 아니었어."

석판을 살펴보던 라막스는 고개를 가로젓더니 유감스런 표정을 지었다.

"후우, 안타깝지만 석판의 상태가 그리 좋질 않군. 사라진 역사를 담은 글귀를 전혀 찾아볼 수 없어. 복원하려면 적어도 한 달 이상의 기간이 걸릴 걸세. 나중에 이곳에 찾아오게나. 그때까지는 내가 반드시 고대의 석판을 복원해 놓겠네."

"그럼 제가 하겠습니다."

"응? 자네 뭐라고 했나?"

강윤수는 라막스에게서 석판을 가져왔다.

그러곤 석판을 들고 발굴단 텐트로 들어갔다.

그가 수리 장비를 챙겨 들자 발굴단 전원이 기겁한 표정을 지었다.

"지, 지금 뭐 하시는 겁니까?"

"유물 복원."

"자, 자네 미쳤나? 유물 복원은 절대 쉬운 작업이 아니야! 자칫하면 석판이 훼손될 거라고!"

라막스가 기겁하며 달려들자 샤네트가 노인을 막아섰다. 그녀는 안심하라는 듯 친절한 미소를 짓더니 말했다.

"괜찮아요. 이분이라면 확실히 해내실 거예요."

"하, 하지만 초심자가 저 유물을 복원한다는 건 말도 안 돼!"

이젠 샤네트도 강윤수를 닮아 제법 능청스러워졌다.

"어차피 저희가 찾아낸, 저희 소유물이잖아요? 어떻게 쓰든 저희 마음이지요."

"그, 그래도 저게 역사적으로 얼마나 가치 있는 석판인데……!"

결국 적색바위 발굴단은 노심초사하는 마음으로 그를 지켜보았다.

강윤수는 조각망치로 석판을 세차게 내리찍었다.

콰직-!

기록의 석판은 말끔히 두 조각났다. 위대한 유물이 깨지자 발굴단장을 비롯한 단원들의 얼굴이 새하얗게 질렸다.

무서운 침묵이 흘렀다. 그들이 기가 차서 아무런 말도 못 하고 있을 때였다.

깨진 석판 조각으로부터 푸른빛이 흘러나왔다.

「고대의 석판에 봉인되어 있던 환상이 흘러나왔습니다. 어느 마법사가 자신의 영혼을 희생해 보존한 기록입니다. 소량이지만, 공백의 역사를 확인할 수 있습니다.」

"오오!"

그제야 발굴단은 안도한 표정이 되었다. 고대의 석판에 쓰여 있던 글귀는 함정에 불과했다. 쓰인 문자는 해독할 수 없고, 고대어처럼 어려운 필체로 쓰였을 뿐이다. 많은 사람이 석판을 해독하려 했지만, 실제로 공백의 역사를 보는 방법은 간단했다.

그저 부수면 되었다.

'너무 간단하고 기상천외한 방법이라 오히려 떠올리기 어렵지.'

실제로 석판의 용도를 알아내려면 무수히 많은 연구가 필요했다. 물론 강윤수에게는 해당되지 않는 말이었지만.

석판으로부터 흘러나온 빛에 의해 주변이 바뀌었다. 흙먼지가 너풀거리는 텐트가 황폐한 전장으로 변했다. 공백의 역사가 영상으로서 재생되는 것이다. 모두가 숨을 죽이고 눈앞에 일어나는 기적과도 같은 환상을 마주했다.

세상에 흉포한 악마들이 널려 있었다.

평소 사람들이 알고 있는 것처럼 시커먼 날개를 등에 단 존재도 있었고, 수천 개의 눈알을 온몸에 단 기괴한 형상의 악마도 존재했다.

각양각색의 악마들은 주변 몬스터를 공격해 먹어치우는 것이 공통점이었다.

수백 명이 달려들어도 사냥하지 못할 거대한 몬스터들이 무참히 죽어갔고 피비린내가 사방에서 진동했다.

이상한 것은 하늘이었다.

칙칙한 하늘은 문이라도 되는 것처럼 구름이 양 갈래로 갈라져 있었다.

악마들은 갈라진 하늘로부터 내려오고 있었다.

절벽 끄트머리에 선 다섯 사람은 그 끔찍한 광경을 담담히 마주했다.

그들의 형상과 차림새는 어딘가 모르게 익숙했다.

과거 판데모니엄의 침입을 막아냈던 고대의 영웅들. 그들은 후대에 알려진 고대의 영웅들의 모습과 확연히 같았다.

'이제 몇 시간 후면 판데모니엄의 문이 완전히 개방될 겁니다.'

커다란 고목장궁을 쥔 엘프가 중얼거렸다. 훗날 고귀의 궁사 나힐렌이라 불리게 될 자였다.

'지금도 충분히 지옥이잖아. 문이 열리고 난 다음은 상상도 하기 싫은데.'

무한의 차원술사 세피아가 황금빛 머리칼을 쓸어 넘기며 얼굴을 찡그렸다.

'문이 열리면 악마들과의 전쟁이 시작될 거야. 그리고 판데모니엄에서 가장 강한 존재가 이쪽으로 넘어오겠지. 우린 그걸 막아야만 하지. 하지만…… 뭔가 수상해.'

대연금술사 미네르바는 냉담하고 침착한 어조로 말했다.

'세상이 피와 어둠으로 물드는 것은 찬성이나 나의 손으로 이루어져야만 해. 저놈들에게 선수를 빼앗길 순 없지.'

최후의 네크로맨서 나크론이 뼈로 이뤄진 칼을 만지작거리며 씨근덕거렸다. 그들 중 가장 앞에 선 흑색 머리칼의 사내는 창대로 목 뒷부분을 툭툭 두드렸다.

'다들 잡설이 길군. 내가 친절히 요약해 주지. 우리의 부모들이 항시 그랬듯, 현실은 최악이야. 나라의 대군은 몰살당했고, 판데모니엄의 악마들이 우리의 대륙으로 몰려오려 하고 있지. 그간 우리의 계획이 죄다 엎질러지고 망가지니 심히 기분이 좋군. 지금이라면 나크론이 난생처음 대접해 줬던 그 맛대가리 없는 식사도 기꺼이 먹어줄 수 있을 것만 같아.'

나힐렌과 세피아가 동시에 웃음을 터뜨렸다. 나크론은 성난 표정으로 뼈로 된 칼을 사납게 휘저었다. 사내는 칼을 장난하듯 가볍게 피하더니 씩 웃었다.

'가벼운 농담이었고.'

사내는 표정을 진지하게 바꾸었다.

그가 진중한 목소리로 말했다.

'우린 하나만 기억하면 돼.'

모든 영웅이 고개를 끄덕였다.

사내는 긴 창의 손잡이를 세게 쥐어 잡고 소리쳤다.

'오늘 우리는 우리의 가족과 친우, 대륙을 지켜낼 것이다.'

고대의 영웅들이 절벽에서 내려섬과 동시에 악마들이 달려들었다.

수천의 악마와 대적하는 자는 겨우 다섯뿐. 그러나 그들은 매서웠으며 눈앞의 악마들을 분쇄하듯 파괴해 나갔다.

강윤수는 가장 앞에 있는 사내를 바라봤다.

그가 창을 휘두를 때마다 땅이 깊게 파이고 악마 일곱 마리
가 찢어졌다.

'당신의 과거는 언제 봐도 낯설군, 시리안.'

모든 존재 위의 권위자.

만물의 왕.

아직까지 생존해 있는 유일한 영웅.

시리안 란체카스타.

모든 악마가 죽었다.

3명의 영웅과 맞바꿔낸 결과였다.

'살아남은 것은 당신과 나뿐이구나.'

대연금술사 미네르바가 피투성이가 된 팔을 감싸며 말했다.

시리안은 유일하게 아무런 상처도 입지 않았다.

'그렇군.'

미네르바는 한숨을 쉬고 바위에 걸터앉았다. 짧게 호흡하는 순간 그
녀는 심장이 시큰거리는 것을 느꼈다. 미네르바는 자신의 심장을 뚫고
나온 창날을 큰 눈으로 바라봤다.

'커흑......!'

그녀는 앞으로 쓰러질 뻔한 것을 간신히 버텼다.

미네르바는 분노가 담긴 눈동자로 시리안을 째려봤다.

'역시 그랬어…… 판데모니엄의 문을…… 열려고 했던 것은…… 바로…… 당신이었……'

'그래, 넌 눈치가 너무 빨라, 미네르바. 웬만하면 너도 악마한테 죽지 그랬어. 결국 널 내 손으로 죽이게 됐잖아.'

'대체…… 당신의 목적은……? 어째서……우리를 배신한……!'

시리안은 심장을 내찌른 창을 세게 비틀었다.

미네르바는 피를 토하며 그 자리에서 쓰러졌다. 시리안은 창을 휘둘러 날에 묻은 피를 털어냈다.

'걱정 마. 판데모니엄의 문은 아직 열리지 않을 거야. 마황을 이쪽으로 데려오려면 아직 준비할 게 많거든.'

영상은 거기서 끊겨버렸다.

누구라도 뒷부분이 궁금해질 만큼 아슬아슬한 장면에서 끝나버린 것이다.

샤네트는 놀란 입을 다물 수 없었다. 특히 마지막 시리안의 모습은 너무나 충격적이었다. 만물의 왕 시리안은 항상 진중하고 위대한 지도자로 알려져 있었다.

그런 시리안이 영웅들을 배신하고 판데모니엄과 연결된 문을 열려 했다고?

샤네트뿐만 아니라 강윤수를 제외한 모두가 멍한 얼굴이었다.

가장 먼저 정신을 차린 라막스가 침착히 말했다.

"다들 지금 봤던 것을 적어 두게."

발굴단원들이 노트를 꺼내 흑연이나 만년필로 방금 본 것을 써내기 시작했다. 영웅들의 실제 모습을 스케치하거나 말투를 그대로 써냈다.

"저걸 적어서 어쩌시려구요?"

"역사로 기억해야겠지. 아무래도 그 환상을 다시 볼 순 없을 테니 말이네. 나중에 황실이나 수도의 역사가에게 정식 기록을 요청해야겠군."

"하지만 이걸 사람들이 믿어줄까요? 가장 위대했던 영웅 시리안이 인류를 배반했다니요."

샤네트는 염려스러운 어조로 말했다.

"물론 그게 사실이지만, 고지식한 사람들은 아무도 믿으려 하지 않을 거예요. 사람들은 진중하고 위대한 만물의 왕을 원하는 걸요."

그러자 라막스는 싱긋 웃었다.

노인의 마지막 말은 유독 기억에 오래 남았다.

"역사는 언제나 진실해야 하네. 설령 그것이 침대 밑 일기장보다 부끄러울지라도. 당연한 것 아닌가?"

3장
헨릭 엘리커슨

"흐럇-! 하압-!"

연무장의 젊은이들은 오늘도 피땀을 흘려 가며 검을 연마했다. 그 부산스러운 기합 소리에 헨릭은 눈을 게슴츠레하게 떴다.

헛물만 들이킨 녀석들하고는.

헨릭은 평소처럼 갈비뼈 근처를 북북대며 쓰레기장에 파묻혀 있었다. 물론 그도 좋아서 항시 이러는 것은 아니었다. 술에 취해서 깨어나고 나면 자신은 언제나 쓰레기장에 누워 있는 것이다.

"귀소본능이라는 거지. 고향 떠난 철새가 결국 자기가 태어난 땅으로 돌아오듯."

헨릭은 중얼대며 일어났다.

그러곤 자신 앞의 두 남녀를 바라봤다.

"뭐냐?"

"고대석을 가져왔습니다."

"허?"

헨릭은 기괴한 표정을 짓다가 뺨을 꼬집었다.

"아직 그렇게 취한 것 같진 않은데?"

강윤수는 말없이 배낭에서 고대석을 꺼냈다. 손으로 들기 버거울 만큼 커다란 바위는 투박한 생김새였다.

헨릭은 놀라더니 바위를 매만지고 자세히 살폈다.

"이놈 봐라? 정말 진품을 가져왔잖아?"

그리 말하고 헨릭은 강윤수를 의구심 담은 눈길로 바라봤다.

"세공도 할 수 있나?"

"예."

"해봐."

헨릭은 품에서 조각도를 내어주었다.

겉으로 봐선 낡은 조각도일 뿐이었지만, 칼날과 자루에 새겨진 문양에는 묘한 기품이 흘렀다.

강윤수는 조각도를 소검처럼 한 손에 쥐었다.

"아, 잠깐, 잠깐."

헨릭이 손을 휘저었다.

그는 뺨을 긁적이며 말했다.

"아무리 그래도 나름 최상급 재료인 고대석인데…… 쓰레기장 주변에서 해서야 폼이 나겠냐? 내가 잘 아는 곳이 있으니 거기서 세공해라."

그는 두 사람을 독특한 주점으로 데려갔다. 주점의 실내장식은 무척 고급스러웠으나 취객들은 자유분방하게 술을 마시고 있었다. 헨릭의 행색을 보고도 거리낌을 느끼는 취객들이 없을 정도였다. 그만큼 헨릭이 이 주점을 오래 들락날락했다는 의미였다.

세 사람이 들어오자 가슴 파인 옷을 입은 엘프가 천천히 걸어왔다.

그녀는 기품을 담아 우아하게 말했다.

"헨릭, 외상값 갚아라."

"거, 라텐샤 누님. 우리의 정이 그토록 애달팠나?"

"돈 앞에 신의가 있느냐?"

"보증 앞에 수많은 우정이 첫눈처럼 녹아내린 것을 고려하면, 아니라고 답해야겠지."

라텐샤라 불린 엘프는 헨릭의 이마를 약하게 때렸다. 헨릭은 킬킬대더니 그녀의 귓가에 대고 무어라 얘기했다.

그 광경을 본 샤네트는 황당한 얼굴로 속삭였다.

"처음에도 느꼈지만, 뭔가 특이한 사람이네요."

라텐샤가 고개를 끄덕이자 헨릭은 무대로 고대석을 가지고 성큼성큼 올라섰다. 고대석을 무대 중앙에 놓은 뒤 그가 소리쳤다.

"자, 모두 주목하라고. 오늘 내가 굉장한 볼거리를 챙겨왔으니!"

헨릭이 손뼉을 치며 소리치자 취객들의 시선이 대번 이쪽으로 몰렸다. 그는 무대에서 내려와 중앙의 고대석을 가리켰다.

"저기서 세공해라. 혹시라도 네 솜씨가 형편없다면, 너뿐만 아니라 나까지 망신이니 주의하고."

강윤수는 무대로 올랐다.

취객들은 야유를 뿜어냈다.

"우우! 뭐냐, 저 새파랗게 젊은 놈은!"

"헨릭, 이 자식아! 세공할 거면 네가 해야지!"

"바위가 모래가 되는 광경을 술집에서 봐야 하냐!"

강윤수는 헨릭의 조각도를 세우고 고대석을 깎아내렸다. 조각도를 다루는 그의 손놀림은 빠르고 정교했다. 투박하던 바위는 점차 맑은 빛깔로 변색했다. 어느덧, 영롱한 빛을 내는 보석이 세공되자 취객들도 감탄을 금치 못했다.

"이야! 저놈 생각보다 대단한데?"

"헨릭! 설마 네 제자냐?"

"헨릭보다 더 솜씨가 좋은 것 같기도 한데?"

강윤수는 무대 위에서 즉석으로 보석을 세공해냈다. 큼지막한 바위에 불과했던 진혼의 고대석은 진한 보랏빛을 자아냈다.

「뛰어난 손재주로 놀라운 결과물을 도출해냈습니다.

새로운 스킬, 세공술이 생성됩니다.」

「지고한 진혼석을 세공했습니다.

위대한 세공사의 업적.

세공술 스킬이 폭발적으로 오릅니다.」

「세공술의 스킬 레벨이 올랐습니다.

세공을 할 때 손놀림이 빨라집니다.」

「세공술의 스킬 레벨이 올랐습니다.

제작한 세공품의 완성도가 증가합니다.」

「세공술의 스킬 레벨이 올랐습니다.

보석을 세공할 때 연마의 성공률이 증가합니다.」

「세공술의 스킬 레벨이 올랐습니다.

목걸이, 반지, 팔찌를 비롯한 장신구를 제작할 때 추가 기능이 부여
됩니다.」

「세공술의 스킬 레벨이 올랐습니다.

다른 생산 기술과 연관해 세공술을 펼칠 수 있습니다.」

「세공술의 스킬 레벨이 올랐습니다.

미확인 세공품의 숨겨진 기능을 살펴볼 수 있습니다.」

세공술의 스킬 레벨이 7이나 올랐다. 세공의 기초도 배우
지 않은 상태에서 고대석을 보석으로 빚어냈기에 가능한 일
이었다.

강윤수는 무대에서 천천히 내려왔다.

라텐샤가 요염한 걸음걸이로 그에게 다가왔다.

"굉장한 솜씨군요. 지금까지 봐온 세공사 중 가장 훌륭해
요. 혹시 저를 위해 또 다른 세공품을 만들어주실 수 있나요?"

그녀는 당장에라도 은밀한 의뢰를 내어줄 기세였다. 강윤
수가 무어라 대답하기도 전이었다.

샤네트가 다가와 싱긋 웃었다.

"안돼요. 저희는 갈 길이 바쁘거든요. 거기다가 이미 수행

중인 의뢰도 있구요."

"어머. 아쉬워라."

라텐샤는 고운 뺨을 한 손으로 쓸어내렸다.

헨릭은 구석 테이블에 앉아 있었다.

두 사람은 헨릭의 맞은편에 앉았다.

그는 강윤수를 의미심장한 눈빛으로 바라봤다.

"이 정도면 내가 충분히 인정하고도 남겠군. 혹시나 했는데
정말 대단한 세공사였군?"

"무직입니다."

"그 실력을 지니고도 세공사 클래스가 아니라고? 요즘 젊
은 놈들답게 재능 썩히는 재주가 있구만. 어떤 멍청한 놈에게
서 세공을 배웠기에 실력을 갖추고도 한량 신세냐?"

강윤수는 헨릭을 물끄러미 바라보며 말했다.

"당신."

"뭐?"

"아닙니다."

헨릭은 이상하다는 눈초리로 그를 바라보더니 술잔만 들이
켰다. 강윤수도 독한 술을 주문해 말없이 마셨다.

두 남자가 술만 마시고 있자 조바심이 난 샤네트가 입을 열
었다.

"그래서, 저희한테 가보는 언제 주실 건가요?"

"주긴 줘야지. 의뢰 내렸으면 무조건 지켜야 하니까. 그런데 한 가지 사소한 문제가 있다."

"뭔가요?"

"너희, 지금 목적지가 어디냐?"

강윤수가 낮게 말했다.

"제국의 수도 데페론."

"잘됐군. 너희 여정에 나를 끼워줘라."

"어."

"그래? 한 잔 받아라. 근데 왜 반말이냐?"

"일행이니까."

"흐음. 뭐, 별 상관은 없지."

두 남자는 아무렇지도 않게 술잔을 나누었다.

오로지 샤네트만이 그 희한한 대화에 적응하지 못했다.

"자, 잠깐만요! 저희랑 같이 다니시겠다구요?"

"왜, 너희 둘이 애인 사이라도 되냐?"

"아, 아뇨!"

"그럼 같이 다녀. 일행에 능글맞은 아저씨 한 명 있으면 좋지 않겠냐."

헨릭은 능청스레 대답했다.

"어차피 내 가문의 가보는 수도에 있어. 그걸 찾으려면 반드시 내 도움이 필요할 거고. 최근 나도 수도로 가봐야겠다고 생각하고 있었거든. 혼자 찾아가기는 좀 심심하고 말이야. 너희랑 같이 가면 술 처먹다 길 잃을 염려도 없어 좋을 것 같다."

"……그런 이유로 저희랑 함께 가시겠다구요?"

"쏘다니는 데 거창한 이유가 필요한가. 그럼 뭐, 너희는 세상을 구하려고 여행 다니냐?"

"네."

"뭔 개소리냐."

"아, 아니에요."

샤네트는 한숨을 쉬더니 고개를 저었다.

강윤수는 애초에 이럴 생각이었던 걸까?

헨릭이 일행에 들어오는 것을 딱히 반대하는 것은 아니었다. 그러나 샤네트는 세공사인 헨릭이 여정에서 어떤 역할을 할 수 있을지 걱정이 들었다.

그들은 평범한 여행이 아닌, 전설 의뢰를 해결하기 위한 여정을 하고 있다. 물론 딱히 전투원이 아니더라도 같이 다닐 순 있겠지만, 결국 헨릭 본인부터 소외감을 느끼게 될 것이다.

코끝이 벌게진 헨릭은 샤네트를 보더니 눈을 번뜩였다.

"왜, 예술가는 싸움도 못 할 것 같으냐?"

"아, 아니요. 그런 건 아니지만……."

"좋아, 밖으로 나와 봐라."

세 사람은 주점 밖으로 나왔다. 물론 술값은 강윤수가 계산했다. 제법 취한 헨릭은 두 사람을 연무장으로 이끌고 갔다. 연무장은 서로의 무기를 맞대며 대련을 하는 사람들로 붐볐다.

헨릭이 강윤수에게 말했다.

"이봐, 너도 검을 찼으니 어느 정도 쓸 줄은 알겠지?"

"어."

"잘됐군. 난 또 지팡이도 같이 차서 장식품인 줄 알았다."

연무장에는 대련용 목검과 진검이 즐비하게 들어서 있었다. 그러나 헨릭은 개중에서 날이 선 진검을 두 자루 뽑아 들었다.

"한판 가볍게 붙어볼까? 너는 그 검을 써라."

"어."

강윤수는 라비안의 장검을 빼 들었다. 두 사람이 진검을 붙잡고 마주 서자 검을 나누던 사람들의 시선이 모였다.

본래 진검 대련은 서로 상처를 입히기 쉽다. 그래서 고수들만이 진검 대련을 겨룬다. 상처를 입히지 않는 검이 훨씬 고난도의 실력을 요구하기 때문이었다.

그런 진검 대련을 술 냄새 풀풀 풍기는 두 남자가 하려 하다니. 걱정되다 못해 한심하다는 얼굴로 지켜보는 작자들도 있었다. 일부 고지식한 자들은 검술에 대한 모욕이라는 듯 불쾌한 표정을 지었다.

한 남자가 샤네트에게 다가와 말했다.

"취객들이 칼싸움하는 게 어디 말이나 됩니까. 아가씨라도 좀 말리지 그래요?"

"안타깝지만 말린다고 그만둘 사람들이 아니에요."

샤네트의 표정은 심란할 따름이었다.

헨릭은 진검을 쥐고 자세를 취하는가 싶더니 갑자기 비루한 외투 속으로 손을 집어넣었다. 그는 작은 사각 상자를 꺼냈다. 상자를 비스듬히 열자 커다란 목각 인형이 소환되었다.

수 미터는 돼 보이는 큰 인형이었다.

사람들이 놀라 소리쳤다.

"오오!"

"인형사였군!"

인형사.

전투인형을 제조해 전투에 활용하는 클래스였다. 그리 흔한 직업은 아니었기에 샤네트도 직접 보는 것은 처음이었다. 솔직히 시인하자면, 그녀는 인형사가 전투 관련 클래스인지도 몰랐다.

"내가 직접 제작한 놈이지. 원하는 대로 싸워도 좋아."

커다란 목각 인형은 진검 두 자루를 세게 쥐었다.

헨릭의 오른팔로부터 가느다란 실이 보였다. 마나로 땋은 얇은 실은 잘 끊어지지 않으며, 인형사의 의도대로 인형을 조종할 수 있었다. 그러나 인형을 다루는 일이란 쉽지 않았다. 인형을 조종하는 실력에 따라 인형사의 전투력이 갈렸다.

'……헨릭 엘리커슨.'

강윤수는 눈앞의 예술가를 바라봤다.

지나온 삶에선 샤네트 못지않게 그와 엮인 인연도 많았다. 불현듯 처음 헨릭이 죽었을 때가 떠올랐다.

그때 강윤수는 헨릭의 시체를 껴안고 오열했었다.

그 삶에서 헨릭은 자신의 스승이자, 의형제였으니까.

물론 이제는 없었던 일이 되었다. 그러나 강윤수의 머릿속에서까지 사라진 것은 아니었다.

회한에 잠길 즈음, 헨릭의 기운찬 목소리가 들려왔다.

"시작하지. 나부터 갈까?"

강윤수는 정신을 차렸다.

그는 방금 머릿속에서 죽었던 남자를 바라보며 고개를 끄덕였다.

"어."

목각 인형의 칼날이 비스듬히 움직였다. 인형이 묘하게 비틀거린다고 느껴졌을 때 즈음, 이미 동작은 끝부분에 달했다.

두 자루의 검이 교차하며 강윤수를 노렸다.

챙-!

콰지직-!

인형의 허리가 박살이 났다.

거의 모든 사람들이 무슨 일이 일어났는지 알아차리지 못했다.

헨릭의 기습은 훌륭했다.

독특한 검술은 나무랄 데가 없었고 동작 역시 변칙적이었다. 그러나 단 일 합 만에 목각 인형의 공격은 무마되었고, 단숨에 박살 나버렸다. 아무도 강윤수가 무슨 수로 어떻게 반격했는지 설명할 수 없었다.

취객이 싸운다며 비웃었던 작자들도 눈을 비비며 당황한 표정을 지었을 정도였다. 박살 난 인형을 내려 보더니 헨릭은 헛웃음을 지었다.

"이봐, 너 이름이 뭐였지?"

"강윤수."

"그래, 강윤수. 넌 대체 뭐 하는 놈이냐?"

"알아서 뭐하게."

"더럽게 재수 없는 놈."

앞으로 헨릭이 수없이 내뱉게 될 첫마디였다.

헨릭의 짐 꾸러미는 간단했다.

세공 도구, 인형소환상자, 건량 한 줌, 그리고 온갖 잡다한 술.

그가 어슬렁어슬렁 걸어오자 샤네트는 단호히 말했다.

"씻고 오세요."

"귀찮은데."

"그럼 오지 마세요."

헨릭은 툴툴대더니 깔끔한 몰골로 돌아왔다.

외투도 얼룩 없는 걸로 갈아입었고, 원래 외모도 그다지 나쁘지 않았기에 상당히 봐줄 만한 수준이었다.

세 사람은 간단한 취사도구와 식량을 구입했다. 그리고 리에르를 벗어나 북쪽을 향해 걸었다.

헨릭이 의문을 표했다.

"수도까지 갈 거면 말을 타고 가는 게 빠를 텐데?"

"그건 안 돼."

강윤수의 대답이었다.

공백의 역사를 찾아낸 직후, 전설 의뢰는 새롭게 갱신되어 있었다.

【전설 의뢰-충성스런 부하】

공백의 역사를 탐독해 누구도 알지 못했던 사실을 발견했다. 리에르로 가는 길목에는 고대 영웅과 연관된 존재가 서식하고 있다. 그 존재와 조우해 앞으로의 여정을 밝혀라.

"전설 의뢰?"

헨릭이 까칠한 수염을 긁적였다.

막 일행에 들어온 그로서는 금시초문의 이야기였던 것이다.

샤네트는 허리에 양손을 짚으며 자랑스레 말했다.

"네, 어, 말씀드려도 괜찮죠?"

"어."

"저희는 전설 의뢰를 수행하고 있어요."

"그러냐? 흐음. 고대영웅과 관련된 전설 의뢰란 말이지."

헨릭은 턱을 쓰다듬었다.

걷다 보니 밤이 되었다.

강윤수는 기계적으로 주위를 확인한 뒤 야영지를 정했다. 그는 모닥불을 지폈고 샤네트는 요리를 했다.

헨릭은 바닥에 모포를 깔고 누워 자려다 샤네트의 잔소리를 듣고 일어나 마른 장작을 주워왔다.

도시를 떠난 지 하루밖에 되지 않아 식량 사정이 괜찮았다. 팬케이크, 스모크 햄을 넣은 빵, 진한 치즈 수프는 혀를 즐겁게 춤추게 했다.

헨릭은 감탄했다.

"딱 봐선 조리개도 못 뒤집을 것 같은 아가씨가 요리 솜씨 하나는 제법이네."

"과찬이세요."

"아냐, 이 정도면 황실 요리사들이랑 비교해도 손색이 없을 것 같은데. 특히 수프 맛이 죽이는군."

헨릭은 수프 그릇을 몇 모금 단숨에 삼키곤 갑작스레 짐 꾸러미를 뒤적거렸다. 그는 독한 술이 찰랑대는 유리병을 꺼내

들었다.

그러자 강윤수는 아주 당연하다는 듯이 나무 잔을 내밀었다.

"한 잔 줘."

"이놈이 뭘 좀 아는구만. 혼자 마시는 술은 맛이 덜하지."

"과음은 몸에 안 좋아요. 적당히 드세요."

샤네트의 염려는 듣는 둥 마는 둥 하고 두 남자는 술잔을 부딪쳤다. 샤네트는 한숨을 푹 쉬고 부지깽이로 모닥불만 뒤적거렸다.

그러다가 그녀가 말했다.

"강윤수 님, 헨릭 아저씨한테 저희 다른 일행도 소개해 줘야 하지 않을까요?"

"어."

"아저씨? 내가 왜 아저씨냐? 오빠라고 불러!"

벌써 꽤 취기가 오른 헨릭이 주절거렸다. 하기야 강윤수와 달리 헨릭은 보통 인간(?)이니 그 정도를 마셨으면 취할 법도 했다. 강윤수는 오른손을 뻗고 평소와 다름없는 어조로 말했다.

"샐러맨더 샐리 소환."

불꽃이 일더니 아름다운 소녀가 나타났다. 샐리가 입은 불로 짜인 옷을 보더니 헨릭은 붉어진 얼굴을 갸웃거렸다.

"너, 정령사였냐?"

강윤수는 대답하지 않았다.

샐리는 쪼르르 달려오더니 울상을 지었다.

"아빠, 동생은?"

"나중에."

"히이이잉! 그럼 샐리랑 놀아줘!"

샐리는 울먹거리기 시작했고 샤네트가 소녀를 감싸 안으며
토닥였다. 그 기묘한 광경에 헨릭은 기가 찰 수밖에 없었다.

"정령이랑 계약하는 건 몇 번 봤어도 우는 정령 달래주는
놈들은 또 처음인데."

그러나 아직 놀라기에는 일렀다.

강윤수는 또 다른 소환수를 불러냈다.

"백랑괴수 화이트 소환."

"카르르릉……!"

헨릭은 술이 확 깼다.

그야 흰빛 웨어울프가 바로 눈앞에서 모습을 드러냈으니
그럴 만도 했다. 그는 눈매를 세우며 품속의 인형소환상자를
집었다.

그러나 화이트는 이미 강윤수에게 충성을 맹세한 이후였
다. 웨어울프는 순한 강아지처럼 얌전히 앉았고 강윤수는 하
얀 털을 쓰다듬었다.

"카르르릉……."

웨어울프는 낮게 으르렁거렸다.

반항하는 태도가 아닌, 기분이 좋다는 의미였다. 강윤수는 배낭에서 고깃덩이를 꺼내 화이트에게 던져 주었다. 화이트는 잽싸게 고깃덩이를 받아 뼈째로 씹어 먹었다.

다분히 낯선 일행을 보며 헨릭은 어이가 없다는 표정을 지었다.

"정말 대단한 일행이군. 대륙인, 여행자, 정령, 몬스터라니. 흐음. 내가 너무 평범한 놈이라 미안할 정도인데?"

"아니요. 헨릭 아저씨도 그다지 평범하진 않으세요."

"왜? 나 정도면 평범하지, 아니, 너무 잘생겼나?"

"……."

"뭘 그리 정색해. 가녀린 중년 상처받는다."

어찌 됐든 술이 상당히 깨어버린 헨릭은 고개를 휘저었다. 그러다가 그의 눈매가 돌연 사나워졌다.

"엎드려!"

4장
망자의 성

　샤네트, 샐리, 화이트는 본능적으로 그 말을 따랐다. 바닥에 엎드리는 순간 귀청 위로 무수한 파공음이 지나갔다.

　화살 세례.

　다수가 멀리서 그들을 겨냥하고 화살을 날린 것이다.

　"카르르릉……!"

　커다란 덩치 탓에 풀숲에 몸을 가린 화이트가 으르렁거렸다. 샐리는 황급히 몸에 있는 불을 감췄다. 어둠 속에 있는 불은 시선을 끌기 좋았기 때문이다.

　몸을 낮춘 채로 헨릭은 속삭였다.

　"지금 내가 가장 충격받은 사실이 뭔 줄 알아?"

　"뭔가요?"

　"강윤수, 저놈이 우리가 엎드리기 전에 이미 몸을 낮추고 있었단 거지."

두 사람은 강윤수를 째려봤다.

강윤수는 무심히 대답했다.

"어차피 안 다쳤잖아."

"더럽게 재수 없는 놈."

화살은 몇 번 더 허공을 갈라 날아왔다. 확실히 맞춘다는 보장도 없는데 화살은 수없이 날아왔다.

강윤수는 두 소환수를 소환계로 돌려보냈다. 화이트는 너무 덩치가 컸고, 샐리의 불꽃은 화살에 적중당하기 쉬웠다.

헨릭은 욕설을 씨부렁거리더니 품에서 인형소환상자를 꺼내 들었다.

"러너인형 세 놈."

목각 인형 3체가 상자로부터 튀어나왔다. 연무장에서 꺼냈던 인형과 달리 몸매가 날렵하고 다리가 길었다. 헨릭은 엎드린 채로 오른손에 부착된 마나의 실을 움직였다.

그러자 세 러너인형은 각기 다른 방향으로 질주했다. 목표물이 셋으로 분산되자 습격자들의 당황한 목소리가 들려왔다.

"키로누코!"

"오시키라두린!"

멀리서 수풀이 흐트러지는 소리가 들렸다. 습격자들은 셋으로 나뉘어 인형을 쫓기 시작했다.

강윤수가 가장 먼저 일어나 새카만 장검을 빼 들었다. 샤네트와 헨릭도 그 뒤를 따랐다.

　얕게 오른 풀숲 너머로 움직임이 보였다. 강윤수는 가볍게 달려가 뛰더니 장검을 역수로 꽂고 세차게 돌렸다.

　새빨간 피가 터져 나왔다.

　"그리아아악-!"

　습격자는 단말마를 지르며 뒤로 쓰러졌다.

　시체를 확인해 본 헨릭이 눈을 크게 떴다.

　"뭐야. 오크 놈이었어?"

　녹색 피부의 오크 시체는 긴 활을 쥐고 있었다. 꽤 둔중한 가죽갑옷을 착용한 것으로 보아 작정하고 전투를 벌이러 온 녀석이었다.

　그때였다.

　"카루크-!"

　칼부림 소리를 듣고 멀리서 달려온 오크가 화살을 쏘았다. 근거리에서 쏘아진 화살은 쉽사리 피할 수 없었다. 샤네트의 왼쪽 어깨를 화살의 끄트머리가 파고들려는 순간, 강윤수의 장검이 빠르게 움직였다.

　챙-!

　강윤수의 검격이 화살의 궤도를 차단했다.

　풀숲에 숨은 오크가 자세를 유지하며 화살을 연속으로 쏘았다.

강윤수는 세차게 다가오는 화살을 장검으로 모조리 쳐냈다. 그는 천천히 오크에게 다가갔고, 화살은 단 한 발도 맞지 않았다.

오크는 공포에 질려 소리쳤다.

"구리야아악—!"

피 묻은 장검이 오크의 녹색 피부를 갈라버렸다. 강윤수는 칼에 묻은 피를 흩뿌린 뒤 상처 하나 없이 걸어왔다.

그를 보며 헨릭이 의구심 짙은 표정을 지었다.

"저놈, 정말 사람이냐?"

"좀 있으면 익숙해지실 거예요."

오크 두 마리를 살해하고 나자 나머지 오크들이 몰려왔다. 족히 열댓 마리는 될 듯했다.

"구르이—! 구르이이익—!"

사방을 포위한 오크들이 활을 조준했다. 그들은 일제히 화살을 날렸다. 피하려 해도 사각지대가 없었다.

위기의 순간, 헨릭이 인형소환상자에 손을 집어넣었다.

"방패인형 열두 놈."

커다란 사각방패를 든 목각 인형이 세 사람의 주위를 굳건히 섰다. 헨릭이 마나의 실을 움직이자 방패인형들이 일제히 방어 자세를 취했다.

화살은 커다란 강철방패를 맞고 떨어져 나갔다. 보통 인형사는 두 개의 인형만을 다루어도 중수 이상으로 평가받는다.

열두 개나 되는 인형을 가볍게 다루는 헨릭의 실력은 그야 말로 놀라울 정도였다.

"헨릭 아저씨야말로 사람 맞으세요?"

"저놈에 비하면 우스운 수준 아니냐?"

강윤수는 방패인형을 넘어 오크들을 향해 뛰어갔다. 다가오는 화살 중 그 어느 것도 그의 움직임을 막을 순 없었다. 라비안의 장검을 휘두르자 오크 서너 마리가 순식간에 목이 꿰뚫려 죽었다.

"구르이이익―!"

대열이 흐트러지고 오크들은 무기를 버리고 정신없이 도망치기 시작했다.

샤네트와 헨릭도 본격적으로 전투에 뛰어들었다. 데스 사이드를 뽑아 든 샤네트는 도망치는 오크의 등을 노렸다. 반월을 그린 대낫은 피를 먹는 짐승처럼 오크를 벴다.

헨릭은 방패인형을 돌려보내고 새로운 인형들을 꺼냈다.

짧은 활을 쥔 목각 인형. 궁사인형들이었다.

"오크들 주제에 십자궁은 꽤 괜찮군. 잘 쓰마."

헨릭은 마나의 실을 두른 양손을 거침없이 움직였다. 궁사 인형들은 활과 화살 통을 주워들곤 자신의 무기처럼 오크를 조준했다. 궁사인형이 화살을 쏠 때마다 뒤통수가 터진 오크들이 픽픽 쓰러졌다.

헨릭의 인형 다루는 솜씨는 보통이 아니었다. 인형의 시점으로 계산해야 할 화살의 명중률이 저토록 뛰어난 것은 놀라운 사실이었다.

곧 오크들은 피를 흩뿌리며 모두 쓰러졌다. 전리품은 구부러진 철편과 쇳조각, 그리고 큼지막한 육각 수정이었다.

"이 오크들은 어디서 온 걸까요?"

"주변 숲에서 살던 녀석들이 아닐까 싶은데. 십자궁에다 가죽갑옷까지 입고 온 걸 보면 이것들 아주 작정하고 인간 사냥을 하러 왔구먼. 원래 오크들은 웬만해선 자기 부락에서 나오지도 않을 텐데, 뭔가 이상해."

그때 강윤수가 오른팔을 내뻗었다.

"다중시체부활."

죽은 오크들의 시체가 언데드로 부활했다.

「14마리의 좀비 오크를 소환계에 보존했습니다.
현재 소환계에 있는 소환수-좀비 오크 14마리, 백랑괴수 화이트, 샐러맨더 샐리.
보존 가능한 소환수 숫자-684마리」

헨릭은 괴상하게 얼굴을 찌푸리더니 샤네트의 어깨를 툭툭 쳤다.

"이봐, 잔소리 많은 아가씨. 아무래도 저놈한테 익숙해지려면 시간이 꽤 걸릴 것 같은데?"

"저도 처음에는 그랬어요. 아저씨. 그런데 적응되면 꽤 괜찮아요."

"흐음. 그러냐?"

샤네트와 헨릭은 묘한 동질감을 느꼈다.

강윤수는 오크가 흘린 육각 수정을 바라봤다. 수정은 그가 착용한 생명억압의 반지와 비슷한 빛깔의 흑색이었다.

「의문의 수정」

정체를 알 수 없는 광물. 일반 수정과는 다른 물질로 이루어져 있다.

강윤수는 수정을 집어 들었다.

그러자 돌연 단말기의 문구가 바뀌었다.

「전설 의뢰를 진행함에 따라 수정의 진정한 의미를 파헤쳤습니다.」

「암흑의 수정」

데스 제네럴 칼리번이 만들어낸 수정. 생명체를 지배하는 힘이 담겨 있다. 깨뜨리면 망자의 성으로 통하는 길목을 찾을 수 있다. 다만, 데스 제네럴 칼리번과 적대 관계가 형성될 것이다.

데스 제네럴.

뛰어난 통솔력을 지닌 죽음의 장군. 데스 제네럴은 살벌한 언데드 가운데서도 최상급 몬스터로 손꼽혔다. 살기 넘치는 검술뿐만 아니라 휘하에 대규모 언데드 병력을 거느리는 것으로 악명이 높았다.

'네크로맨서의 능력을 강화하기 위해선 지금 녀석과 조우할 필요가 있다.'

현재로선 감히 상대할 수조차 없는 흉악한 몬스터. 그러나 강윤수는 망설임 없이 암흑의 수정을 깨부쉈다.

콰직-!

[끄아아아악!]

암흑의 수정을 부수자 소름 끼치는 비명이 들려왔다. 희끄무레한 영혼들이 안개처럼 흘러나왔다.

갈 곳 잃은 망령들. 망령들이 한데 모여 올곧고 새하얀 길을 형성했다. 을씨년스러운 길목이었다. 그러나 강윤수는 담담히 그 길을 따라 걸었다.

샤네트와 헨릭은 기절할 듯이 놀랐다.

"가, 강윤수 님?"

"인마! 거길 왜 가? 죽고 싶어 환장했어?"

"볼일이 있으니까 따라와."

두 사람은 서로를 마주 보았다.

그들은 곧 한숨을 내쉬며 강윤수의 뒤를 따랐다.

헨릭은 바드득 이를 갈았다.

"함께한 지 채 하루도 되지 않았지만, 결심했어. 내가 죽으면 무조건 저놈 탓이야."

"동감이에요."

동료들의 살의(?)를 아는지 모르는지 강윤수는 무심히 걸어갔다. 길바닥을 밟을 때마다 망령들은 고통스레 울부짖었다. 길은 갈수록 깊고 음험한 곳으로 이어졌다. 인적이 드문 숲속으로 이어진 길을 걷자 투명한 호수가 나왔다.

저 너머도 보이지 않을 만큼 거대한 호수였다.

"이 호수는 어떻게 건너죠?"

강윤수는 기다리라는 듯 턱을 까닥였다.

잠깐 서 있자 망령의 길이 수면 위로 이어졌다. 호수의 맑은 물이 차갑게 얼어붙어 얼음길이 만들어졌다.

"으스스하구만."

헨릭이 중얼거렸다.

세 사람은 긴 호수를 나룻배도 타지 않은 채 얼음길 위를 걸어갔다. 주변은 들짐승은 고사하고, 날벌레조차 울지 않았다. 커다란 호수 위를 한참을 걷어도 끝이 보이지 않았다.

헨릭이 이상하다는 듯 말했다.

"이미 아침이 될 시간이 한참 지나지 않았냐?"

"그러게요. 그런데 이곳은 아직도 어두워요. 생명의 기척도 전혀 없구요."

음침할 뿐만 아니라 무서운 분위기를 연출하는 장소였다.
그때 샤네트가 놀라며 저편을 가리켰다.

"성이에요!"

흑색의 성.

호수 중앙에 떠오른 거성이 보였다. 전체적으로 고풍스러웠으나 빛깔만은 흑색 하나로 통일된 성이었다. 먹구름처럼 어두운 안개가 성 주위를 감싸고 있었다.

헨릭은 얼굴을 찡그렸다.

"얼어붙은 호수의 성이라. 성주가 누구인지는 몰라도 꽤나 로망이 있나 보군그래."

멀리서도 전혀 보이지 않았던 성이었다. 망자의 길을 따라온 자만이 들어올 수 있는 성임이 분명했다. 분명 멋들어진 장식의 흑색 성이다. 하지만 어딘지 모르게 으스스한 분위기를 풍겼다.

"저 성안에 시체들이 뒹굴 것만 같지 않냐?"

"그런 말 마세요. 원래 그런 말을 하면 정말로 나온다구요."

그러자 강윤수가 담담히 말했다.

"시체들 사는 성 맞아."

"……."

그들은 흑색 성을 향해 걸어갔다. 성 주위의 호숫가는 전체가 얼어붙어 있었다.

성문 앞에 다다랐을 때였다. 높은 석벽 위로부터 녹슨 갑옷을 입은 기사들이 떨어졌다.

"멈…… 춰…… 라!"

그 음색은 사람의 것이 아니었다. 녹슨 갑주를 착용한 것은 다름 아닌 해골이었다. 스켈레톤의 상위 종 스컬나이트였다.

"딱딱! 가소…… 로운…… 침입…… 자들!"

"성의…… 침입…… 막는다! 인간…… 들!"

강윤수는 간단히 용건을 말했다.

"비켜."

"거절…… 한다!"

"그럼 죽어라."

일행은 즉시 전투태세에 돌입했다. 샤네트는 데스 사이드를 빼 들었고, 헨릭은 인형소환상자에서 전투인형들을 꺼냈다.

스무 마리의 스컬나이트 역시 살기를 담아 검을 빼 들었다. 검을 쥔 자세가 예사롭지 않았다. 이들의 레벨은 대략 90 정도였다. 스컬 나이트가 무리 지어 돌격해 왔다. 강윤수는 앞장서 가장 선두에 선 스컬나이트의 쇄골을 내찔렀다. 동시에 번개폭풍 지팡이를 휘둘러 푸른 벼락을 내리쳤다.

콰지직-!

다섯 마리의 스컬나이트가 큰 충격을 받고 뒤로 물러났다. 헨릭은 그 틈을 놓치지 않고 전투인형을 조종해 스컬나이트의 뼈를 분쇄했다.

한편 샤네트는 새롭게 얻은 스킬을 발동시켰다.

"염화술!"

그녀의 대낫에 불길이 화르륵 붙었다. 샤네트가 데스 사이드를 길게 휘두르자 낫의 흐름에 따라 불길이 튀어나갔다. 웬만한 화염마법보다 훨씬 뜨겁고 강렬한 고열이었다. 불덩이를 정통으로 격추당한 스컬나이트 다섯 마리가 온몸을 불태우며 비틀거렸다.

"불…… 뜨겁다!"

불이 붙은 스컬나이트들은 황급히 뒤쪽으로 물러났다. 그러자 이변이 일어났다. 얼음판의 얇은 부분이 깨져 금이 가기 시작했다.

쩌저적—!

일부분이 깨져버리자 얼음판 자체가 기우뚱 기울기 시작했다.

헨릭이 기겁하며 소리쳤다.

"이 멍청한 아가씨야! 얼음판 위에서 불을 쓰는 그 괴상망측한 사고방식은 대체 어디서 나온 거야! 어억!"

"죄, 죄송해요! 저도 처음 써본 스킬이라…… 꺄악!"

얼음판이 중심점을 잃고 기우뚱거렸다.

콰직—! 콰직—!

중간중간 얄팍한 부분에 구멍이 생겨 스컬나이트들은 물에 빠진 채 허우적거렸다. 샤네트와 헨릭 역시 기우는 얼음판 위에서 중심을 잡지 못하고 허둥댔다.

그러나 유일하게 한 사람. 강윤수만은 흔들리는 얼음판 위에서도 산책하듯 가볍게 걸어왔다.

"이리 와."

그는 두 사람의 뒷목을 잡았다.

강윤수는 샤네트와 헨릭을 이끌며 얼음판의 중심으로 향했다. 그러자 얼음판의 흔들림이 멎었다. 다행히도 균열은 얼음판 전체로 퍼지지 않고 약간 기우는 데서 그쳤다.

강윤수는 샤네트를 일으켜 세웠다.

그가 샤네트를 바라보며 말했다.

"바보."

"……."

"저렇게 무덤덤한 욕은 난생처음 듣는군."

헨릭이 툴툴거렸다.

반면 강윤수는 생각했다.

'얼음의 정령이 있었다면, 이런 일도 없었을 텐데.'

전설 의뢰대로 진행하다 보면 유적을 레이드해야 할 순간이 온다. 그 유적의 심장부에는 얼음의 정령 아이시클을 창조할 만한 재료가 있다.

'그러기 위해선 이곳의 성주를 마주해야만 한다.'

강윤수는 오른팔을 내뻗었다.

"좀비 오크 14마리 소환."

푸르죽죽한 좀비 오크들이 소환되었다.

그 순간이었다.

성으로부터 커다란 목소리가 들려왔다.

"누가 감히 죽은 자들의 성에서 시체를 부리느냐!"

일순간 주위를 둘러싼 안개가 사납게 걷혔다. 보이지 않는 힘의 흐름이 주변을 에워쌌다. 그 순간, 석벽으로부터 거구의 흑기사가 뛰어내렸다.

콰직-!

흑기사는 안정적인 자세로 착지해 똑바로 섰다. 전체적으로 흑색에 물든 갑주. 창백한 살결. 두 눈동자는 시커멓고 흐렸다. 그러나 장대한 거구와 올곧은 자세는 흠잡을 데 없었다. 허리춤에 찬 기다란 검은 유난히 고풍스럽고 매서웠다.

「데스 제네럴 칼리번(보스, 레벨 확인 불가)이 출현했습니다!」

데스 제네럴 칼리번.

최상급 언데드가 몸소 출현한 것이다. 이 엄청난 레벨의 몬스터는 칼 한 번만 휘둘러도 그들을 가루로 만들어버리리라.

"생명을 희롱하는 네크로맨서라 한들, 망자들은 네놈들의 몸뚱이를 살갗 한 점 남기지 않고 씹어 삼킬 것이다."

낮고 어두운 목소리가 절로 등골에 식은땀을 흐르게 했다. 드높은 카리스마. 고레벨의 보스 몬스터는 조우하는 것만으로도 오금이 저릴 수준이었다.

"망자들이여, 나를 받들어라!"

칼리번은 얼어붙은 호수 위로 회색빛 칼날을 내리찍었다. 두꺼운 얼음장 주변이 산산이 갈라졌다.

콰지직-!

그러자 호수의 얼음을 깨부수고 언데드들이 고개를 내밀기 시작했다.

밴시, 듀라한, 구울, 좀비까지. 하급에서 중급까지의 언데드가 수천이나 수면 위로 올라왔다. 방금 물에 빠졌던 스컬나이트들 역시 보란 듯이 군세에 포함되어 있었다.

세 사람은 언데드 병력에 물샐틈없이 포위되어버렸다.

도망칠 길 따위 있지도 않았다.

헨릭은 입술을 씹으며 중얼거렸다.

"좆됐구먼."

"그러게."

"이 자식이 진짜!"

헨릭이 별안간 강윤수의 멱살을 움켜쥐었다. 그는 강윤수가 어릴 적 헤어졌다 재회한 철천지원수라도 되는 양 원망스레 노려봤다.

"이 인형보다 매정한 자식아! 이제 너 때문에 다 죽게 생겼다!"

"놔."

샤네트도 경악하며 소리쳤다.

"가, 강윤수 님! 해결할 방법은 있으시죠? 이러다간 정말 죽게 될 거예요!"

언데드 군세는 위압적이었다. 특히 선두에 서 있는 데스 제네럴 칼리번의 위용은 매서웠다. 시커먼 안광에서 뿜어져 나오는 살기는 절로 오금을 저리게 만들었다.

"해결할 테니 놔."

헨릭은 강윤수의 멱살을 풀어주었다. 강윤수의 말을 믿어서가 아니고, 조금이라도 살 방법을 궁리하기 위해서였다. 강윤수는 언데드 군세를 향해 당당히 걸어갔다.

언데드들은 크르릉 거리며 강윤수를 당장에라도 씹어 먹을 듯한 기세였다. 수천의 언데드 무리 앞에서 강윤수란 사람은 무력해 보일 뿐이었다.

그러나 그의 걸음걸이는 평탄했고 표정도 담담했다. 이전에도 이와 같은 일을 수없이 겪어 보기라도 한 것처럼.

강윤수는 소리쳤다.

"칼리번."

"하찮은 침입자 따위와 대화할 생각 없다. 전군 공격하라!"

언데드들이 무섭게 돌진해 왔다. 샤네트와 헨릭의 얼굴이 새파래졌다. 그때 아랑곳하지 않고 강윤수가 높이 소리쳤다.

"이것을 봐라."

강윤수는 오른팔을 높이 치켜세웠다. 손가락에 착용한 생명억압의 반지가 번들거렸다.

칼리번이 눈을 크게 떴다.

"그, 그 반지는……?"

당황한 칼리번은 커다랗게 고함을 쳤다.

"멈춰라! 다들 공격을 멈춰라!"

언데드들이 칼리번의 명령에 따라 움직임을 멈추었다.

칼리번은 이를 까드득 갈더니 소리쳤다.

"그 장신구는 생명억압의 반지! 최후의 네크로맨서 나크론 님께서 손수 제작하신 물품이다! 감히 나크론 님의 무구를 지니고 있다니. 네놈의 정체는 무엇이냐!"

강윤수는 가볍게 팔짱을 꼈다.

"나는 나크론의 후계자다."

"뭐, 뭐라고?"

강윤수는 미간을 사납게 찌푸렸다.

"멍청한 칼잡이 같으니라고. 두 번 말해야 알아듣겠나? 나는 최후의 네크로맨서 나크론의 후계자이자 그의 유일한 제자다."

"거짓말 마라! 나크론 님께서 생전에 제자를 두셨단 말이냐? 그분은 결코 자신의 가르침을 가벼이 물려주실 분이 아니셨다!"

칼리번은 드높은 카리스마에 걸맞지 않은 반응을 보였다. 데스 제네럴은 눈에 띄게 당황한 기색이 역력했다.

강윤수는 반지를 낀 오른손을 펴내며 차갑게 말했다.

"그렇다면 너는 이 생명억압의 반지를 어떻게 설명할 거지? 내가 나크론의 영혼을 언변으로 희롱해 훔치기라도 했다는 건가?"

"그, 그건……!"

평소 무미했던 그의 목소리는 지금 무서울 정도로 위압감이 깃들어 있었다.

"귀빈 대접이 너무 엉망이라 도리어 어이가 없군, 칼리번. 너를 되살려준 나크론에 대한 경외심이 고작 이 정도였나."

그 한마디가 결정타였다. 데스 제네럴은 결심한 표정을 짓더니 무릎을 꿇고 칼을 역수로 얼음 바닥에 박았다. 그러자 다른 언데드들도 넙죽 무릎을 꿇었다. 수천의 언데드가 강윤수를 향해 자세를 낮춰 절했다.

칼리번은 목 놓아 소리쳤다.

"고귀한 후계자여, 부디 이 미천한 시체들을 벌해 주시길 바랍니다!"

온갖 언데드가 고개를 조아림에도 강윤수는 얼굴색 하나 변하지 않은 채 말했다.

"처벌은 차후로 미루겠다. 하찮은 것들."

차가운 목소리에는 거부할 수 없는 통솔력이 담겨 있었다.
샤네트가 경악하며 몰래 속삭였다.

"강윤수 님이 고대영웅 나크론의 후계자셨단 말이에요?"

"아니."

"더럽게 재수 없는 놈."

칼리번의 안내에 따라 세 사람은 흑색 성으로 들어갔다.

흑색 성의 내부는 밖과 마찬가지로 을씨년스럽기 짝이 없었다. 커다란 홀은 거미줄이 군데군데 쳐져 있고, 냉기가 흘렀다.

복도에는 기괴한 그림자와 뭔지 모를 안개가 배회했고 항시 기분 나쁜 울음소리가 들려왔다.

칼리번이 지극히 공손한 어투로 말했다.

"감히 존안을 몰라뵙고 행한 저의 무례를 용서해 주십시오. 망자의 성에 오신 걸 환영합니다. 나크론 님의 후계자여."

흑색 성의 이름은 망자의 성이었다.

세 사람은 귀빈실에 앉았다.

물론 귀빈실이라곤 해도 언데드의 성답게 칙칙했으나 적어도 청결하긴 했다. 긴 탁상이 놓여 있어 이곳에서 식사까지 대접하는 모양이었다.

"진미를 가져오도록."

칼리번이 말하자 곧장 밴시와 스켈레톤들이 만찬을 가져왔다. 긴 탁상에 박쥐날개구나 개구리의 생혈, 꿈틀대는 지렁이, 득실대는 거미 요리가 주를 이뤘다.

생전 처음 보는 해괴한 음식들에 샤네트는 기겁했고 헨릭은 얼굴을 찡그렸다.

"귀빈 대접도 대상이 사람인지 언데드인지 봐가면서 해야 하는 것 아니냐?"

"쉿! 듣겠어요!"

언데드에게 귀빈 대접을 받는 것도 일생일대에 다신 못 겪을 일이었지만, 썩 유쾌한 경험이라고 할 순 없었다.

그때 강윤수가 양의 눈알을 포크로 찍었다. 절도 있는 격식을 담아 그는 그것을 입에 넣고 씹었다.

두 사람이 경악하는 와중에도 강윤수는 담담히 말했다.

"괜찮군."

"과연 후계자님이시군요. 생전 나크론 님께서도 이와 같은 진미를 즐기셨습니다."

칼리번이 감격한 듯이 말했다.

강윤수는 아무렇지도 않게 기괴한 식사를 했다.

샤네트는 손을 덜덜 떨었다.

"가, 강윤수 님? 그걸 왜 드세요?"

"배고프니까."

"네……?"

강윤수는 계속해서 자신 몫의 접시를 해치웠다. 때론 벌레가 담긴 접시를 몸소 가져오기도 했다. 칼리번과의 친밀도를 높이기 위해선 되도록 맛있게 식사를 해주는 편이 좋았다. 결과적으로 칼리번은 그런 강윤수를 흡족스러운 눈길로 바라봤다.

그러나 헨릭은 질렸다는 듯 말했다.

"이거 언데드보다 더 언데드 같은 놈일세."

다행히도 잠시 후 언데드들은 인간이 먹을 수 있는 음식도 가져왔다. 딱딱하게 굳은 젤리와 차갑게 식은 수프 등이었다. 특히 희끄무레한 연기가 치솟는 냉주(冷酒)는 뼛속까지 시원해지는 청량감이 있었다.

샤네트는 철저히 모양새가 괜찮은 음식들만을 골라 먹었고, 강윤수와 헨릭은 언데드가 내온 술을 모조리 섭렵했다. 냉주를 한 방울도 남김없이 마신 헨릭이 입술을 핥으며 입맛을 다셨다.

"좀 차갑긴 해도 술맛 하나는 죽이는구먼."

"딱딱딱!"

헨릭의 칭찬에 스켈레톤들이 이빨을 딱딱 부딪치며 좋아했다. 저들끼리 담근 술이었던 모양이다.

만찬을 마친 뒤 언데드들이 접시를 가져갔다.

칼리번은 세 사람의 맞은편에 앉았다.

그저 앉은 자세일 뿐인데도 데스 제네럴은 묘한 위압감과

기품이 흘렀다. 최상급 언데드는 지극히 높은 지성과 전투력을 지녔기에 네크로맨서라도 함부로 다룰 수 있는 존재가 아니었다. 충성을 맹세할 만한 주인이 아니면 데스 제네럴은 따르지 않는다.

그런 칼리번이 강윤수를 극진히 모시는 것으로 보아 나크론이 얼마나 대단한 네크로맨서였는지 짐작할 수 있었다.

"원하신다면 얼마든지 머무르고 가셔도 좋습니다."

칼리번이 친절히 말했다.

그러나 강윤수는 고개를 가로저었다.

"나는 이곳에 볼일이 있다, 칼리번."

"무엇 말입니까?"

"성의 지하에 있는 신성봉인을 해제하려 한다."

"……!"

칼리번의 얼굴에 복잡 미묘한 표정이 떠올랐다. 놀람과 감동, 슬픔이 교차된 표정이었다. 잠시 침묵하던 칼리번은 낮은 목소리로 말했다.

"신성봉인. 그것을 해제하는 것이 무슨 의미를 뜻하는지 아시는 겁니까?"

"어."

"자칫하면 당신이 죽을 수도 있습니다. 후계자여."

"상관없다."

강윤수는 낮게 말했다.

"그 봉인이 사라져야 너희가 자유의 몸이 되니까."

칼리번은 뒤통수에 망치를 맞은 것처럼 충격받은 표정을 지었다. 데스 제네럴은 한쪽 무릎을 꿇고 강윤수를 향해 고개를 떨어뜨렸다. 그것은 주인에게 충성하는 기사의 예법이었다.

"솔직히 처음은 당신이 그분의 후계자란 것이 믿기지 않았습니다. 당신은 너무나 나약해 보였기 때문입니다. 그러나 이제야 확신이 듭니다. 내적인 영혼이 외적인 강함을 뛰어넘는다는 것을. 당신이야말로 나크론 님의 후계자이며, 내가 영원히 충성을 바쳐야 할 분의 후임이란 것을."

칼리번이 다시금 강윤수를 향해 절을 올렸다. 다른 하급 언데드들도 마찬가지로 고개를 조아렸다.

강윤수는 무심한 표정을 지을 뿐 어떤 감흥도 표하지 않았다.

"후계자여! 당신의 이름을 미천한 시체들에게 가르쳐 주십시오."

"강윤수."

그는 낮게 대답했다.

강윤수는 자리에서 천천히 일어나 입을 열었다. 그 누구보다 지배자에 어울리는 목소리가 흘러나왔다.

"나크론의 후계자가 아닌, 나로서 한 가지 명령하겠다."

"무엇입니까?"

"너희 자신을 시체에 비유하지 마라. 그 누구도 살아 움직이고 예를 표할 줄 아는 자들을 시체라 부르지 않는다."

칼리번은 충격받은 표정을 지었다. 그러나 데스 제네럴은 곧 크게 소리쳤다.

"강윤수! 우리들의 새로운 군주시여!"

어느덧 강윤수의 호칭이 후계자에서 군주로 바뀌었다. 강윤수의 위치를 인정한 것이다. 다른 언데드들도 각자 환희를 표했다. 스켈레톤은 턱뼈를 딱딱 부딪쳤고, 밴시들은 기괴한 목소리로 노래를 부르며 춤을 췄다. 희미한 원혼들은 천장을 배회했고 듀라한들은 서로의 머리를 넘겨주며 기뻐했다.

헨릭은 눈살을 찌푸렸다.

"지금 이런 말 하기 좀 뭐하긴 한데, 저놈이 언데드보다 속이 더 시커먼 것 같지 않냐?"

"쉿! 듣는다니까요!"

칼리번은 일어나 말했다.

"지하로 안내하겠습니다. 따라오시죠."

망자의 성 지하로 내려오자 따스한 온기가 듬뿍 흘러나왔다.

성의 추위에 적응하지 못했던 샤네트와 헨릭은 반가웠으나,

언데드들은 천적이라도 만난 것처럼 허겁지겁 뒤로 물러났다.

청결하고 흰 복도가 이어졌다.

칼리번은 앞장서 걸으며 말했다.

"망자의 성 지하는 신성봉인 탓에 항시 신성한 힘이 흐르고 있습니다. 그래서 이곳은 모든 언데드가 꺼리는 곳입니다."

"어…… 그런데 왜 칼리번 님은 무사할 수 있나요?"

"저는 나크론 님이 심혈을 기울여 회생시킨 언데드입니다. 그래서 약간의 신성력은 무시할 수 있습니다. 군주의 연인이시여."

"여, 연인이라니요?"

샤네트가 당황해 말을 더듬었다.

그러자 칼리번이 눈빛을 매섭게 빛냈다.

"연인이 아니라면 그저 외부인이란 말씀이십니까? 군주와 연이 없는 인간이라면 망자의 성에 있을 이유가 없습니다만."

인간을 적대하는 언데드. 샤네트라고 예외는 아니었던 것이다. 그때 헨릭이 재빨리 끼어들어 강윤수의 어깨에 팔을 휘감았다.

"저 아가씨, 이 녀석 애인 맞수다. 얘가 수줍음을 많이 타서 그래. 아, 그리고 난 이놈의 형님 되는 몸이올시다. 보잘것없는 우리 동생 잘 부탁하겠소."

"다시 얻은 목숨을 바쳐 군주를 보필하겠습니다."

칼리번의 뒤편에서 샤네트가 속삭였다.

"왜 헨릭 아저씨가 강윤수 님 형이에요?"

"그럼 아빠라고 하리? 잘 봐라. 가만 보면 닮지 않았냐?"

"강윤수 님이 훨씬 나은데요."

"쯧쯧. 벌써 예쁜 아가씨 눈동자에 유리막 씌워서 좋겠네. 이놈은."

헨릭이 강윤수의 목을 휘감은 팔을 흔들며 이죽댔다.

그러자 강윤수는 말했다.

"형."

"……!"

헨릭은 물론이고 샤네트까지 얼어붙은 표정을 지었다.

칼리번의 앞이니 가족 행세를 하는 것은 맞지만, 설마 그 강윤수가 저런 말을 내뱉을 줄이야! 그러나 강윤수는 평소처럼 무심히 말했다.

"형, 풀어줘."

"그, 그래. 이 사랑스러운 동생 놈아. 내 팔 때문에 목이 졸렸던 모양이구나. 으허헛!"

능청스런 헨릭조차 눈에 띄게 당황했을 정도였다. 길의 끝에 다다르자 따뜻하고 온화한 빛이 절정에 달했다.

저 너머로 작은 방이 보였다.

"저 방이 신성봉인이 이루어진 자리입니다. 성직자 아르곤이 벌인 치욕이지요. 아무리 저라도 저곳까지 갈 순 없으니 여기서 설명을 드리겠습니다. 우선, 신성봉인을 해제하기 위해선 여러 절차가 필요한데……."

"설명하지 마. 긴말 싫으니까."

강윤수는 방의 입구로 다가갔다. 문을 열자 따사로운 빛이 쏟아 내렸다.

칼리번은 당황한 목소리로 소리쳤다.

"군주시여! 그곳은 설령 인간일지라도 위험합니다!"

그러나 강윤수는 거침없이 나아갔다. 방의 내부는 순백이었고, 중앙 눈부시게 빛나는 검이 꽂혀 있었다. 강윤수가 발을 내딛는 순간, 바닥에서 마법진이 밝게 달아올랐다.

마법진으로부터 여러 빛줄기가 동시에 치솟았다.

지이잉-!

수없는 섬광이 방 전체를 훑어갔다. 강윤수는 곡예에 가까운 몸놀림으로 다가오는 빛줄기를 피했다. 그의 어깨 근처에 섬광이 스치는 순간, 옷자락의 일부가 먼지로 변해 사라졌다.

침입자를 소멸시키는 빛. 언데드는 고사하고, 인간이라도 생존할 가능성이 낮은 방이었다. 강윤수는 재빠른 몸놀림으로 섬광을 피해가며 장검으로 바닥을 내리그었다.

그러자 마법진의 형체가 파훼되기 시작했다. 마법진이 손상될 때마다 섬광의 속도는 조금씩 느려졌다. 이윽고 마법진 전체가 훼손되자 튀어나오는 섬광의 흐름이 그쳤다.

그러나 끝난 것이 아니었다.

지이잉-!

이번엔 왼쪽 벽에서 마법진이 나타났다. 섬광 수십 줄기가 강윤수의 몸을 뒤쫓았다. 강윤수는 방금과 마찬가지로 섬광을 피하며 마법진을 훼손시켰다. 가파른 벽을 검으로 디딜 곳을 만들어 타고 올랐다. 그다음에는 오른쪽 벽, 앞쪽 벽, 뒤쪽 벽 차례대로 마법진이 떠올랐다. 뒤쪽의 벽에 그려진 마법진까지 없애버리자 이번에는 천장에 마법진이 생겨났다.

설령 강윤수라 할지라도 섬광을 회피하며 천장의 마법진을 없앨 순 없었다. 강윤수는 문 쪽을 돌아보았다.

"형."

"……여기서 나가면 그 껄끄러운 호칭부터 정리하자꾸나. 동생 놈아."

헨릭은 인형소환상자에서 작고 정교한 인형을 꺼내 들었다. 다른 목각 인형들과 달리 색감이 들어 있고, 몸의 비율도 구체적이었다. 인형사는 오른손에 마나의 실을 흩뿌리며 작은 인형을 천장으로 던졌다.

"어! 저러면 실이 끊기지 않을까요?"

"마나의 실은 타의지로 안 끊겨."

샤네트의 물음에 대답하며 헨릭이 인형을 조종했다. 작은 인형은 거미처럼 천장에 달라붙었다. 그러곤 소매에서 소검을 꺼내 천장의 마법진을 손상시키기 시작했다.

헨릭이 꺼낸 것은 다름 아닌 암살자 인형이었다. 헨릭의 솜씨는 현란했고 천장의 마법진은 금세 사라져 버렸다.

샤네트가 놀란 표정으로 물었다.

"대체 가지고 있는 인형이 몇 개세요?"

"글쎄다. 소환상자에 넣어둔 것만 따지면 500개 정도 되려나?"

"……."

"이 아가씨 표정 봐라. 이 나이는 허투루 먹은 줄 알아?"

모든 마법진이 소멸했다.

강윤수는 방의 중심에 꽂힌 눈부신 빛을 내고 있는 검을 뽑아냈다.

「성스러운 십자가 검」

등급-유일

절삭력: 3

사악한 언데드를 봉인하기 위해 위대한 성직자가 만들어낸 검. 살상 무기로써의 가치는 거의 없으나, 막대한 신성력이 담겨 있다.

*악마종족에게 치명적인 피해를 입힌다.

*바닥에 꽂으면 일시적 확률로 아군의 저주를 치유한다.

*특수한 교단에게 바치면 여신의 성물에 관련된 의뢰를 받을 수 있다.

*성직자가 착용하면 치유마법의 효과가 3배 상승한다.

유일 등급의 검이었으나 무기로 착용하긴 부적합했다.

'하지만 나중에 레이드할 유적을 위해선 꼭 필요해.'

강윤수는 십자가 검을 배낭에 챙겨 넣었다. 그러자 방에서 흘러나오던 빛이 사라졌다. 망자의 성에 존재하던 신성력이 소멸한 것이다. 온기가 사라지고, 1층 홀에 있던 차가운 어둠이 지하까지 퍼져 들어왔다.

"딱딱딱!"

"우워어어어어!"

멀리서 언데드들의 음침한 환호성이 이곳까지 들려왔다. 칼리번도 어울리지 않게 환한 미소를 지었다.

"솔직히 굉장히 놀랐습니다. 이토록 가볍게 신성력을 제거하실 줄은 예상하지 못했습니다. 과연 군주님이십니다. 앞으로 망자의 성은 더욱 음침하고 저주스러운 곳이 될 겁니다."

"멀었어."

"하기야 그렇습니다. 아직 결정적인 봉인은 풀리지 않았으니 말입니다."

"아직도 봉인이 풀리지 않았단 말인가요?"

샤네트가 묻자 칼리번은 고개를 끄덕였다.

"망자의 성에는 두 가지 봉인이 걸려 있습니다. 신성봉인과 서슬 퍼런 냉기의 봉인. 망자의 성을 감싸고 있는 냉기는 저희 언데드가 이뤄낸 것이 아닙니다. 그것은 성에 저희를 봉인한 샤렌의 소행이었습니다."

칼리번의 태도는 진지했다.

"망자의 성에 봉인이 걸려 있는 이상 저희는 성 주변에서 벗어날 수 없습니다. 군주시여, 저희에게는 나크론 님께서 남기신 사명이 있습니다. 대륙에서 가장 강한 드래곤의 시체를 언데드로 만드는 것. 저희가 해방되어 그 사명을 이루기 위해선 대륙 어딘가에 있을 유적을 정복해야만 합니다."

칼리번은 강윤수를 향해 무릎을 꿇었다.

"죽은 이들의 군주시여! 간곡히 부탁드리겠습니다. 부디 얼음과 영혼의 유적을 정복하고 저희를 해방해 주십시오!"

【전설 의뢰-망자의 성】

데스 제네럴 칼리번과 언데드들은 과거 성직자 샤렌에 의해 망자의 성에서 벗어날 수 없다. 언데드들은 성을 벗어나 새로운 군주의 힘이 되고자 한다. 대륙 어딘가에 봉인된 얼음과 영혼의 유적을 정복해 언데드들을 해방하라.

*의뢰 승낙 시 데스 제네럴에게서 특수한 검술 스킬을 배울 수 있다.

*다른 누군가가 먼저 유적을 정복하면 의뢰는 실패한다.

*해방된 언데드가 대륙에 어떤 영향을 끼칠지는 알 수 없다.

보상-7,827마리 언데드 해방. 칼리번의 절대적 믿음. 나크론의 조합서.

칼리번이 의뢰를 요청했다. 일반적인 방법으로는 받을 수 없는 최상급 언데드의 의뢰. 거기다, 전설 의뢰 최초로 보상이 쓰여 있었다. 7,000이 넘는 언데드 군단과 최상급 언데드의 신임까지 얻을 수 있다. 실로 막대한 보상이었으나 의뢰의 난이도 역시 높은 수준일 것이 분명했다.

강윤수는 칼리번을 보며 고개를 끄덕였다.

"어."

강윤수가 의뢰를 승낙하자 데스 제네럴은 감격해 마지않는 표정을 지어 보였다.

"이 일은 절대 잊지 않을 것입니다. 우리들의 새로운 군주시여."

칼리번의 말투가 극도로 부드러워졌다. 망자의 성에 있던 신성력을 없애고, 의뢰를 승낙해 강윤수에게 완벽히 충성을 맹세한 것이다. 강윤수를 훑어보던 칼리번은 갑작스레 허리춤에서 검을 빼 들었다.

샤네트와 헨릭은 화들짝 놀랐으나 강윤수는 무덤덤했다.

칼리번은 검을 들고서 말했다.

"군주시여, 당신은 위대하신 분이시나 그 힘이 아직 너무나 미약합니다. 그래서 저만의 검술을 전해드리고자 합니다. 분명 앞으로의 여정에 도움이 될 것입니다."

"그렇게 하지."

강윤수와 칼리번은 서로 검을 뽑아 들고 연무를 나누었다. 칼리번은 처음에 극도로 느린 동작을 선보였으나 강윤수의 검술을 보고는 동작을 빨리했다. 강윤수의 검은 내지르는 족족 칼리번에게 막혔다. 그러나 신체 능력의 차이였지, 기술의 차이라곤 생각되지 않을 만큼 강윤수의 검술은 놀라웠다.

느긋하게 봐주려던 칼리번도 눈매를 세우고 진지하게 대련에 임했다.

챙―!

검과 검이 교차할 때마다 불가루가 튀었다. 압도적인 레벨 차이가 있는데도 격전을 벌이는 것으로 보아 칼리번이 힘 조절을 하고 있음이 틀림없었다. 그러나 강윤수의 동작은 첨예하기 이를 데 없었다.

예측 못 한 방향으로 검이 튀어나가는 것도 예삿일이라 칼리번조차 빠르게 방어하지 않았다면 도리어 공격받았을 뻔한 경우도 잦았다.

수 시간의 연무 끝에 칼리번이 먼저 검을 내렸다.

"과연 군주님이십니다. 경험에 비해 압도적인 실력이시군요. 결코 헛된 칭찬이 아닙니다."

데스 제네럴은 만족스러운 웃음을 지었다.

언데드의 검으로부터 보랏빛 기운이 흘러나와 강윤수에게 흡수되었다.

「데스 제네럴 칼리번에게 심연의 검술 스킬을 전수받았습니다.

대륙 최초로 언데드에게서 검술을 배웠습니다.

언데드에 관한 통솔력이 늘어납니다.」

「심연의 검술」

　　스킬 레벨-Lv1(00.00%)

　　소모활력-20%

　　어둠에 녹아든 검술을 펼쳐 적을 파훼한다. 언데드 고유의 검술. 기술을 전수받은 언데드에 따라 검술의 성향이 달라진다.

　　*데스 제네럴-치명타를 입혀 적의 생명력을 극도로 깎아낸다. 적이 자신보다 강할수록 성공 확률이 높아진다.

　마법이 마나를 소모하듯, 검술처럼 육체 활동과 관련된 스킬은 활력을 소모한다. 심연의 검술은 활력을 20%나 소모했기에 총 다섯 번을 사용하고 나면 탈진해 버린다.

　또한, 검술 스킬의 난이도는 까다로운 편이었다. 상대방이 강할수록 스킬의 성공률이 높다는 것은 반대로, 약할수록 스킬의 성공률이 낮다는 의미였다. 무엇보다 몬스터에게서 전수받은 스킬이란 점이 각별했다. 그 누구도 적대 관계의 몬스터에게 스킬을 배우는 일은 없었으니까.

　칼리번은 흑수정 하나를 꺼내 들어 강윤수에게 건넸다.

"차후 성의 봉인이 풀린다면 이것으로 저와 교류할 수 있을 것입니다."

데스 제네럴 칼리번은 진심을 담아 말했다.

"군주시여, 우린 그대를 믿고 언제까지나 기다릴 것입니다. 부디 우리 전부를 해방해 군주의 밑에서 충성을 다할 수 있도록 힘을 닦아주십시오."

언데드들 역시 무릎을 꿇고 강윤수에게 절했다. 강윤수는 무심한 얼굴로 고개를 살며시 끄덕였다.

그들이 성의 도개교를 지날 때였다.

강윤수에게 작은 속삭임이 들려왔다.

-이제 이변이 코앞으로 다가왔다. 너는 그것을 대비해야 한다.

강윤수는 걸음을 멈추고 주변을 둘러보았다. 지난번 머드 젬의 서식지에서 들었던 속삭임과 같은 목소리였다. 온화하고 중후한 여성의 목소리.

"강윤수 님, 왜 그러세요?"

"아무것도 아니야."

왠지 모를 불길함이 들었으나 강윤수는 고개를 저었다.

세 사람은 망자의 성을 빠져나왔다.

얼어붙은 호수 위를 걸어와 숲가에 발을 디딘 순간이었다. 뒤를 돌아보자 호수 중앙에 서 있던 흑색 성은 흔적도 없이 사라지고 없었다. 망자의 성은 새벽이슬처럼 자취를 감추어 버린 것이다.

헨릭은 뺨을 긁적였다.

"거참, 희한한 경험일세. 꿈이라도 꾼 것 같아."

"저는 가슴 떨려 죽는 줄 알았어요. 아침 햇살을 백 년 만에 보는 것 같아요."

샤네트는 따사로운 햇살이 환상이라도 되는 양, 손을 휘적거렸다.

말없이 걸어가던 강윤수는 갑자기 멈춰 섰다.

그는 헨릭을 향해 손을 건넸다.

"왜 그러냐?"

"술."

"눈치 빠른 놈."

헨릭은 투덜대더니 짐 꾸러미를 열었다. 망자의 성에서 마셨던 독특한 냉주가 한가득 담겨 있었다. 꽤 따스한 날씨임에도 불구하고 차가운 술병은 시린 한기를 뿜어냈다.

샤네트가 어이없다는 듯이 물었다.

"그새 훔치셨어요?"

"인마, 사람을 뭐로 보고. 해골 뼈다귀들이 준 거다."

"언데드가 선물도 줘요?"

"왜, 사랑에도 경계가 없는데, 우정이라고 별거 있겠냐. 특히 술친구는 종족의 한계를 넘어 세월도 거스를 수 없다지. 뭐, 미친놈이라면 술까지 훔쳐서 먹겠지만."

"······."

샤네트는 강윤수를 빤히 보았다.

"뭘 봐."

"너무 많이 마시지 마세요. 몸에 해로워요."

"술은 해로운 맛에 먹는 거야. 잔소리 많은 아가씨."

두 애주가는 냉주를 따른 잔을 부딪치며 걸어갔다. 잔소리 많은 아가씨는 한숨을 내쉬며 두 남자의 뒤를 따라 걸었다.

5장
이변

　드높은 산맥.

　지친 몰골로 말을 모는 사내들이 있었다.

　황실의 제3기사단.

　그들은 지금 기사들이라곤 믿기지 못할 몰골들이었다. 지친 말의 고삐를 나무 귀퉁이에 묶어 두고서 레녹스가 입을 열었다.

　"다들 지쳤다는 것은 나도 잘 알고 있다. 그러나 이 하타르 산맥에 우리가 찾던 목표가 있음은 틀림없다. 황실의 명을 따라 반드시 그것을 찾아야 한다."

　고지식한 단장은 다시 한번 목적을 상기시켰다. 기사단원들은 고개를 끄덕였으나 지친 기색이 역력했다. 그들은 기사였지, 산악인이 아니었다. 고작 60명 남짓한 인원이 거대한 산맥을 쥐 잡듯이 뒤지는 것도 한계가 있었다.

산맥 아래 외딴 마을의 주민에게서 금발머리 처녀가 산맥으로 올라가는 것을 보았다는 증언도 들었고, 누군가 지나간 흔적도 찾았다.

하지만 거의 20일 가까이 산맥을 뒤졌음에도 그들이 찾는 여자는 보이지 않았다. 본래 산맥의 탐색을 위해선 제국군을 대규모로 풀거나 추적에 능숙한 사냥꾼, 산지기들의 도움을 받는 것이 정석이었다.

그러나 그들은 그럴 수 없었다. 그들이 찾는 목표물은 엄연히 황실의 극비 중의 극비였기 때문이다. 본래 그들은 기사였지만, 갑옷도 입지 않고 차림새도 비교적 간소했다. 황실의 기사단이 고작 여자 한 명을 찾기 위해 이토록 노력하다니.

공화파 작자들이 본다면 비웃음을 넘어 신랄한 악평까지 지껄였으리라.

"저기, 그런데 말입니다."

두건을 눌러쓴 신참단원 에릭이 뺨을 긁적였다.

선배들의 눈총이 쏟아졌으나 에릭은 호기심을 참지 못하고 물었다.

"우리 제3기사단이 어째서 고작 여인 하나를 뒤쫓고 있는 겁니까? 게다가 이토록 비밀스럽게 행동하다니요. 이유를 알고 싶습니다."

그러나 사실 선배들도 미치도록 궁금했던 일이었다. 제아무리 황실기사라 할지라도 동기 없이 목표가 장기간 수립되기란 어려운 일이었다.

그때 뜻밖에도 기사단장 레녹스가 입을 열었다.

"내가 들은 바에 의하면, 이 임무는 황녀 암살과 관련되어 있다더군."

기사단원들은 황녀 암살에 관한 것보다 예식에 얽매는 단장이 극비 임무의 목적을 발설했다는 것에 오히려 놀랐다.

보잘것없는 몰락 귀족 출신으로 출중한 검술과 지략으로 황실기사단장까지 오른 레녹스는 단원뿐만 아니라 모든 기사에게 존경을 받는 몸이었다.

이번 임무도 그에 대한 드높은 신뢰가 없었더라면 진작 불평불만이 터져 나왔을 것이다. 그러나 아무리 레녹스라고 할지라도 이번 임무는 탐탁지 않았다.

레녹스는 멀리 보이는 도로를 내려다봤다.

이번 임무가 교역로를 저렇게 뒤바꿔야 할 만큼 막중하단 말인가?

중천에 뜬 태양이 세 사람을 내려 보았다.

가장 먼저 입을 연 것은 헨릭이었다.

"어떻게 생각하나?"

"뭘요?"

"지금 우리가 처한 이 상황 말이야."

"흐음. 글쎄요. 굉장히 난처하고 곤란한 상황이겠죠."

"한마디로 요약해 볼까? 좆같아."

"말 좀 곱게 하세요."

시니란트 교역로.

제국의 수도뿐만 아니라 각종 도시와 연결되는 커다란 도로였다.

행상인과 마차가 물밀 듯이 넘나들어도 지반이 무너지지 않을 만큼 돌바닥이 탄탄히 다져지고, 튀어나온 자갈이나 돌도 없어 무척 걷기 편하기로 유명했다.

세 사람이 교역로로 오는 데만 해도 열흘이 넘게 걸렸다. 식량은 빠르게 떨어졌고 여독도 쌓여 갔다. 그런데 막상 교역로 앞에 도달하자 상상도 못 했던 광경이 펼쳐져 있었다.

교역로는 박살이 나 있었다.

곱게 깔려 있어야 할 벽돌은 이곳저곳 튀어나왔고 사방에 자갈이 깔려 있었다. 한없이 갈라진 돌바닥은 제아무리 신중히 걸을지라도 넘어지게 될 것이 분명했다.

마차는 고사하고 행인 한 명 보이지 않았다.

"대체 무슨 일이 있었던 거야?"

"대륙에서 가장 큰 교역로가 이렇게 됐는데 사람 한 명 없다는 게 이상해요."

두 사람이 황당한 표정을 짓고 있었을 때였다. 강윤수가 갑자기 오른팔을 들더니 저편을 가리켰다. 멀리서 조그마한 점 같은 형체가 터벅터벅 이쪽으로 걸어오고 있었다.

조그마한 점은 점점 커졌으나, 여전히 조그맸다. 그도 그럴 것이 다가온 사람이 드워프였다. 새까만 수염이 덥수룩하게 난 드워프는 가져온 보자기를 풀더니 교역로의 깨진 벽돌을 주섬주섬 주워 담기 시작했다.

"저기, 잠시만요!"

샤네트가 말하자 드워프 중년이 고개를 돌렸다.

"뭐요?"

"왜 교역로가 이렇게 망가졌나요? 사람들은 다 어디 간 거죠?"

"소식 느린 친구들이구만."

드워프는 수염을 쓰다듬더니 말했다.

"이 교역로는 폐쇄됐소."

"네? 어째서요?"

"도적들 때문이오. 요새 이 근처에서 기승을 부렸거든."

샤네트가 믿을 수 없다는 표정을 지었다.

"교역로를 폐쇄할 만큼 도적들의 약탈이 심했다구요?"

"낸들 알겠나. 솔직히 그와 관련해서 이래저래 말이 많았소. 귀족들끼리 권력 다툼을 했다, 높아져 가는 상인의 재력을 막으려는 제국의 흑심이다. 뭐, 확실한 건 도적 때문에 교역로를 폐쇄했단 것은 누가 봐도 핑계란 거지."

드워프 중년은 곱게 펼친 보자기 위에 벽돌을 차곡차곡 정리했다.

"지금 사람들은 다른 도로를 우회해 다니고 있지. 사람이 없으니 몬스터나 짐승들이 와서 길을 더럽히고 가곤 해서 이 모양이 된 것이고. 뭐, 나 같은 드워프들이 종종 질 좋은 벽돌을 슬쩍 가져가서 그런 것도 있겠지만."

그리 말하고 드워프 중년은 터벅터벅 왔던 길로 되돌아갔다.

샤네트는 당황한 표정을 지으며 돌아봤다.

"이제 어쩌죠?"

"별수 있겠냐. 왔던 길 돌아가서 말을 사든지, 다른 교역로로 우회해 가든지."

"왔던 길이 아깝네요."

샤네트가 우울한 표정을 지었다.

그때 강윤수가 말했다.

"안 돌아가."

"네?"

"하타르 산맥을 넘을 거야."

강윤수는 건너편에 보이는 산맥을 가리켰다. 사람이 다니는 산도 아니었기에 길조차 제대로 정돈되어 있지 않았다.

헨릭이 황당한 표정으로 물었다.

"길잡이도 없이 산맥을 넘는다고? 조난 당해서 사흘 밤낮 굶을 일 있냐?"

"이쪽이 지름길이야."

"하, 하지만 그럼 길은 누가 안내하나요?"

"나."

강윤수는 벌써 산 쪽으로 발걸음을 옮기기 시작했다. 샤네트와 헨릭은 서로 머뭇거리며 마주 보더니 결국 한숨을 쉬었다.

"저놈 믿을 만한 거 맞지?"

"망자의 성에서 못 보셨어요? 저희가 따라잡을 생각을 하시는 분이 아니에요."

"결국 미친놈이란 얘기구만."

헨릭은 입에서 불을 피우는 자동인형을 꺼냈다. 연기가 피어올라 언제든 되돌아올 수 있도록 해둔 조치였다. 헨릭은 강윤수의 뒤를 따르며 투덜거렸다.

"전설 의뢰 수행하는 녀석만 아니었어도……."

하타르 산맥.

커다란 산봉우리가 여럿 연결되어 있었다. 구름에 닿을 만큼 아찔한 높이의 산이 있는가 하면, 높은 중턱 정도로 여겨질 만큼 낮은 산도 있다. 그러나 워낙 지리가 복잡하고, 그 내부는 방대했다.

아직까지 하타르 산맥은 지도조차 제대로 만들어져 있지 않은 실정이었다. 또한, 난폭한 곰이나 멧돼지처럼 맹수도 즐비해 있어 산지기조차 두려워할 만큼 위험한 곳이기도 했다.

"까악!"

나무뿌리에 걸려 넘어질 뻔한 샤네트를 강윤수가 한 손으로 안았다. 샤네트가 감사 인사를 하려던 찰나, 뒤쪽에 있던 헨릭이 소리를 질렀다.

"어억!"

그는 하마터면 나무 가시에 손등이 파묻힐 뻔했다. 다행히도 강윤수가 먼저 그의 손을 막아 들어 헨릭은 크게 다치지 않았다.

샤네트가 한숨을 쉬었다.

"밤중에 산을 다니는 건 정말 위험하네요."

"그러게 말이다. 온통 어두워서 주변에 뭐가 있는지도 잘 안 보이는군."

헨릭은 허공을 손으로 휙휙 휘저었다. 그러나 강윤수는 별 망설임 없이 걸어갔다. 그럼에도 나뭇가지 하나 그의 몸에 스치질 않았다.

헨릭이 얼굴을 괴상하게 일그러뜨렸다.

"대체 저놈은 정체가 뭐야?"

"적어도 평범한 사람이 아닌 건 확실해요."

"그럼 내가 사람이 아니라 귀신이랑 같이 다니고 있는 거냐? 하기야 술에도 안 취하고 아침이나 밤이나 시종일관 무표정한 녀석이라면 사람보단 귀신에 가깝긴 할 것 같다만."

앞장서 걷던 강윤수가 저편을 가리켰다. 어두운 석벽 아래 자그마한 틈새가 보였다. 작은 동굴이었다.

"여기서 묵자."

"안에 짐승은 없겠죠?"

헨릭이 돌멩이를 주워 동굴 안으로 던져봤다.

휙—!

그러나 들려오는 소리는 없었다. 세 사람은 동굴 안으로 들어갔다. 비좁은 입구에 비해 안은 비교적 널찍했다. 내부의 온도도 적당해 노숙하기 나쁘지 않은 장소였다.

강윤수는 나뭇가지를 주워와 불을 피웠고, 샤네트는 건조식량을 꺼냈으며, 헨릭은 발라당 드러누워 조각도로 나무을 깎기 시작했다. 대충 움직이는 손놀림에도 불구하고 그는 금세 나무 식기 3인분을 만들어 바닥에 내려놓았다.

샤네트가 놀라 말했다.

"세공하는 속도가 정말 빠르시네요."

"그럼 뭐하겠냐. 저놈보다는 못한걸."

"아니."

강윤수의 말이었다.

헨릭이 조각도를 놀리던 손을 멈추고 그를 바라봤다. 강윤수는 무심한 눈길로 헨릭을 쳐다봤다. 그러나 그 눈빛은 어딘가 평소와 달랐다.

"한때 당신에게서 세공과 인형술을 배웠지. 하지만 그때도 당신의 실력은 못 따라갔어. 아무리 연습해도."

이상한 말이었다.

헨릭에게서 세공과 인형술을 배웠다고? 헨릭은 강윤수와 동행한 지 한 달도 되지 않았을 뿐만 아니라 기술을 가르쳐준 기억도 없었다.

헨릭이 이상하다는 눈빛으로 그를 바라봤다.

"저번에 술집에서도 들었지만, 그게 대체 뭔 소리냐. 너랑 만난 지 채 한 달도 되지 않았는데 나한테서 무슨 기술을 배웠다고? 꼭 예전에도 날 만나본 것처럼 말한다?"

강윤수는 입을 다물고 대답하지 않았다.

이상한 침묵이 오가자 샤네트가 분위기를 바꾸기 위해 말을 꺼냈다.

"그나저나 식량이 생각보다 빠르게 떨어져 가네요. 배낭에 넣어도 상할까 봐 빨리 먹게 되고. 이럴 줄 알았으면 차라리 건조 식량을 더 많이 살 걸 그랬어요."

그때 강윤수가 일어났다.

샤네트가 의아한 표정을 지었다.

"어디 가세요?"

"식량 구하러."

그럴 리야 없겠지만, 샤네트는 혹시나 하는 마음으로 물었다.

"길 안 잃고 돌아오실 수 있으시죠?"

"어."

강윤수는 동굴 밖으로 나와 걸었다. 어두웠으나 시야 따위는 중요하지 않았다. 아예 귀찮아져 그는 눈을 감고 걸었다. 낙엽이 바스락거리는 소리, 흙이 파이는 소리, 잡풀이 바람에 꺾이는 소리.

그것만으로도 진로를 파악할 수 있었다.

그는 오래도록 걸었다. 그럼에도 기분은 좀처럼 나아지지 않았다.

'조심해야 해.'

헨릭에 관한 이야기를 자신도 모르게 꺼내고 말았다. 자제하려고 했으나 자꾸만 이전 삶과 관련되어 나오는 말이 입 밖으로 튀어나왔다.

사실 강윤수도 알고 있었다. 바뀌어 가는 삶에 적응하지 못하고 자신이 무너져 내리고 있다는 것을.

'부정적인 생각을 하면 안 돼. 버텨야 한다. 지금껏 그래왔듯이.'

강윤수는 손가락으로 관자놀이를 짓눌렀다.

그는 넓적한 바위 뒤편으로 걸어갔다. 예상대로 송곳 멧돼지 한 마리가 산 버섯을 찾아 땅에 코를 박고 있었다. 송곳 멧돼지는 이름 그대로 송곳처럼 예리하고 흉악한 어금니를 지닌 짐승이었다. 그 송곳니가 어찌나 예리한지 별다르게 개조하지 않아도 단창으로 사용할 수 있을 정도였다.

강윤수는 장검을 들어 송곳 멧돼지의 목덜미를 단칼에 찔렀다. 커다란 멧돼지는 고막을 간질이는 울음소리를 내질렀다.

강윤수는 그 울음소리의 의미조차 이해할 수 있었다.

'살려줘! 내 서식처에는 새끼가 다섯 마리나 있어. 오늘 살아 돌아가지 못하면 그 새끼들은 모두 죽게 될 거야.'

강윤수는 말없이 칼을 두어 번 더 내찔렀다. 짐승의 말을 알아들을 수 있다는 것은 괴로웠다. 우는 짐승을 죽이는 것과 말하는 짐승을 죽이는 것은 다르니까.

강윤수에게 있어 사람과 몬스터의 경계는 모호했다. 강윤수는 몬스터들과 대화하고 사냥하며 우애를 다졌었다. 한때 자신은 모든 괴물의 군주 몬스터로드이기도 했으니까.

그는 입술을 살짝 깨물었다.

'과거를 떠올리지 마. 지금 삶에 집중해.'

송곳 멧돼지의 숨소리가 멎었다. 강윤수는 커다란 멧돼지를 등에 짊어지고 동굴로 향했다.

한참을 걸었을 때였다.

쉬이익-!

예리한 화살이 일순간 뺨 언저리를 스쳤다. 옅은 핏줄기가 흘렀다. 강윤수는 화살이 날아온 곳을 돌아보았다.

서늘한 목소리가 들려왔다.

"강윤수, 일천 번째 삶은 어떠한가."

강윤수는 눈살을 찌푸렸다.

이번 삶에서는 자신이 회귀하고 있음을 그 누구에게도 밝히지 않았다.

'……이번에도 환청일 리는 없겠지.'

강윤수는 송곳 멧돼지 사체를 내려두고 목소리가 들려온 곳으로 걸어갔다.

피잉-!

화살 너덧 대가 빠르게 날아왔다. 강윤수는 멈칫하지도 않고서 날아오는 화살을 가볍게 피해버렸다.

그가 차가운 목소리로 물었다.

"넌 뭐지?"

보지 않아도 목소리의 주인이 바위 뒤편에 있단 것을 알 수 있었다. 바위 언저리로 다다르자 강윤수는 민첩하게 칼을 뽑았다. 그러나 상대를 확인한 순간, 칼을 움켜쥔 손이 멈췄다.

"왜……."

속에서 묻어나오는 당혹감을 감추기란 어려웠다.

"왜 당신이 지금 여기 있지?"

그러자 상대가 대답했다.

"왜, 그러면 안 되나?"

시리안은 싱긋 웃어 보였다.

시리안 란체카스타.

타락한 만물의 왕.

대륙 최강의 인간.

그러나 시리안과 마주하는 것은 전설 의뢰 최후반부에나 들어서였다. 그런 시리안이 어째서 이 산맥에 있는가?

강윤수는 입술을 씹더니 칼을 쥔 손을 꽉 쥐었다.

"당신이…… 지금 내 앞에 나타날 리 없어. 원래 지금의 당신은 판데모니엄의 문을 지키고 있어야 해. 지금껏 항상 그래 왔으니까."

시리안은 긴 활을 목덜미에 걸치며 픽 웃었다.

"이봐, 감정이 메마른 친구. '지난번 세상'에서 내가 어떻게 죽었는지 벌써 잊은 거야?"

강윤수의 미간에 주름이 잡혔다. 지난번 세계, 그러니까 999번째 삶에서 자신은 시리안을 죽였다. 그럼에도 판데모니엄마와의 전쟁을 막을 순 없었지만.

머릿속이 너무 복잡해졌다.

강윤수가 가슴에서 끓어오르는 무언가를 내색하려 하지 않을 때였다. 문득 그는 한 가지 이상한 점을 눈치챘다.

"리벨리온의 마창은 어디 갔지? 어째서 당신이 활 따위를 들고 있는 거야?"

"글쎄, 맞아보면 알지 않을까?"

시리안은 히죽 웃더니 활시위를 당겼다. 강윤수는 재빨리 몸을 숙여 날아오는 화살을 피했다. 그와 동시에 상대의 정체를 파악할 수 있었다.

강윤수는 한숨을 섞어 말했다.

"역시 너는 시리안이 아니었군."

강윤수는 재빨리 돌진해 칼을 휘둘렀다. 시리안은 피하기 위해 몸을 왼쪽으로 던졌으나 그의 동작이 한층 빨랐다. 횡으로 그은 칼이 시리안의 몸을 갈라냈다.

"크어억!"

시리안은 몸이 쩍 갈라지더니 시커먼 형체로 변해버렸다. 잔해에 가까운 사체는 이목구비가 없고 인간의 형상과 거리가 멀었다.

도플갱어.

익히 알려진 바대로 타인의 머릿속을 읽어내 모습을 변화하는 몬스터. 그의 앞에 나타났던 시리안은 도플갱어가 변화한 모습이었던 것이다.

도플갱어가 자신을 당황시키려면 마황으로 변하는 것이 최적이었겠지만, 그건 함부로 베낄 수 있는 존재가 아니니 시리안을 택했을 것이다.

'하지만 이상해.'

지나온 수백 번의 삶을 통해 알고 있었다. 도플갱어는 자신의 서식지에서 절대 밖으로 나오지 않으며, 하타르 산맥에 출현하지 않는 몬스터다.

'며칠 뒤 특이한 도플갱어를 만나긴 할 테지만, 그건 변이종이니 예외다. 왜 산맥에서 나오지 않던 도플갱어가 갑자기 내 앞에 나타났지?'

고민이 깊어갈 즈음이었다.

불현듯 귓가에 스쳤던 속삭임이 떠올랐다.

"이제 이변이 코앞으로 다가왔어. 아이야, 너는 그것을 대비해야 한다."

······그 속삭임은 누가 들려준 것일까?

다가올 이변은 또 무엇이란 말인가?

강윤수는 오래간만에 모든 것이 의문투성이란 생각이 들었다.

투두두두둑…….

드넓은 산맥이 비로 젖어갔다.

"강윤수 님이 늦으시네요."

샤네트는 동굴 밖으로 손을 내뻗었다. 손바닥 아래로 가느다란 빗줄기가 떨어졌다. 조각도를 놀리던 헨릭은 귀찮다는 듯 말했다.

"호랑이 한 마리라도 잡아 오려나 보지, 뭐."

"음, 그래도 걱정이 돼요."

"너는 그놈이 길을 잃어버릴 것 같으냐?"

"……비가 오잖아요. 감기라도 걸리시면 안 좋아요."

"글쎄올시다. 그놈은 주먹만 한 우박이 수없이 내려도 멀쩡히 산책할 것 같은데."

헨릭은 조각하던 나무를 뒤로 던져 버렸다.

샤네트가 고개를 갸웃했다.

"뭘 그렇게 신중히 만들고 계세요?"

"그런 게 있다."

헨릭은 나무을 손에 쥐곤 다시 조각도로 깎아내리기 시작했다.

그러면서 그는 말했다.

"그런데 너는 아냐?"

"뭘요?"

"뭐겠냐. 강윤수, 그놈 정체 말이야."

조각도를 다루는 헨릭의 솜씨는 정교하고 간결했다. 그는 오른손만을 사용해 세공하고 있었다.

"나이는 젊은 놈이 수십 년 여행한 방랑자도 얻기 어려운 지식을 알고 있지. 또 이상할 정도로 무뚝뚝해. 나도 사람은 꽤 만나왔는데 그렇게 무감정한 놈은 난생처음이다. 원래 여행자란 놈들은 다 그런가? 대체 그놈은 정체가 뭐냐?"

"음, 저도 정확히는 몰라요."

샤네트는 잠시 생각하다가 말했다.

"하지만 때가 되면 알려주실 거라고 생각해요. 그분은 본인이 원하지 않으면 대답을 잘 해주시지 않거든요. 하지만……."

샤네트는 분명하게 말했다.

"그래도 좋은 분이세요. 제가 정말로 믿고 의지할 수 있는 분이시기도 하구요."

"흐음. 그러냐? 그런데 전부터 궁금했는데 말이야."

"뭐가요?"

"넌 왜 그렇게 그 무뚝뚝한 놈을 잘 믿냐?"

샤네트는 킥킥 웃었다.

웃음을 그치고 그녀는 얼굴에 조금 있는 화상 자국을 쓰다듬었다.

"글쎄요? 예쁘게 만들어줘서?"

"응? 그놈이 화장이라도 해줬냐?"

"에잇, 아저씨랑은 말 안 할래요."

샤네트는 볼을 살짝 부풀렸다. 헨릭은 헛웃음을 짓더니 다시 작업에 몰입했다. 한동안 침묵이 흘렀다.

갑자기 샤네트가 벌떡 일어섰다.

"강윤수 님!"

멀리서 강윤수가 걸어왔다. 비가 오고 있음에도 그는 우산 하나 없이 걷고 있었다. 샤네트가 얼른 비를 가릴 만한 천을 챙겨 그에게 달려갔다.

그리고 강윤수는 등에서 장궁을 빼 들었다.

쉬이익—!

헨릭이 달려들어 샤네트의 등을 떠밀었다. 화살촉이 그녀의 정수리 위를 스쳐 지나갔다. 조금만 늦었더라도 즉사를 면치 못했을 것이다.

"가, 강윤수 님……?"

샤네트가 당황해 물었다. 그러나 강윤수는 평소와 다름없이 무표정한 얼굴로 시위에 화살을 걸었다. 또 다른 화살이 쏘아지려는 순간, 헨릭이 품에서 인형소환상자를 꺼내려 했다.

그때 강윤수가 말했다.

"헨릭, 너는 결국 자신을 인형으로 만들어야 할 운명이다."

헨릭의 몸이 움찔하더니 순간적으로 굳었다. 강윤수는 재빠르게 활을 당겨 쏘았다. 그 순간, 하늘에서 쏟아지는 빗줄기가 헨릭을 구원했다. 빗줄기를 타고 흐트러진 화살의 궤도는 헨릭의 눈가로부터 아슬아슬하게 빗나갔다.

"지금, 지금 뭐하시는 거예요!"

샤네트가 목청껏 소리를 질렀다.

그러자 강윤수가 시선을 돌렸다.

강윤수는 그녀에게 말했다.

"샤네트, 나는 자살할 것이다."

샤네트의 눈동자가 두려움으로 물들었다. 그녀의 몸이 덜덜 떨렸다.

강윤수는 화살을 시위에 걸고 그녀를 향해 겨누었다.

퍼석—!

칼날이 내려치고, 강윤수의 머리가 부서졌다. 쓰러진 강윤수의 시체가 산산이 부서져 가루가 되어버렸다. 장검을 휘두른 남자의 모습이 드러났다.

그 역시 강윤수였다.

"뭐야, 어떻게 된 거냐?"

가까스로 정신을 차린 헨릭이 물었다.

강윤수는 낮게 대답했다.

"도플갱어는 상대에게 가장 두려운 환상을 보여주지."

강윤수가 동굴로 걸어가려 할 때였다. 그의 바짓단을 넘어진 샤네트가 부여잡았다. 빗물에 젖은 그녀는 몸을 떨고 있었다. 바짓단을 쥔 손아귀는 억셌다.

"……죽지 마세요."

그녀의 숨소리는 거칠었다. 뺨에 흐르는 것이 빗물인지 눈물인지 분간하기 힘들었다.

샤네트는 애원했다.

"죽지 마세요. 강윤수 님. 제발 내 앞에서 죽지 말아줘요."

강윤수는 몸을 낮춰 샤네트를 끌어안았다.

그가 낮게 말했다.

"죽지 않을게. 무슨 일이 있더라도."

"그게 너로 변한 도플갱어였다고?"

헨릭이 묻자 강윤수는 고개를 끄덕였다.

"산맥에 왜 그런 몬스터가 나타났는지는 모르겠지만."

"허어? 너도 모르는 게 있냐?"

"어쨌든 단순한 몬스터의 소행이었던 거군요?"

샤네트가 한숨을 지으며 말했다.

헨릭은 얼굴을 일그러뜨렸다.

"다신 상종하기 싫은 부류의 몬스터구만."

"맞아요. 저도 다신 그런 광경을 보고 싶지 않아요."

샤네트는 떨리는 손으로 가슴을 부여잡았다. 가시지 않은 충격을 간신히 억제하고 있는 듯한 기색이 역력했다.

헨릭은 관자놀이를 툭툭 건드리다가 말했다.

"그런데 넌 왜 그렇게 침착하냐? 너는 그 도플갱어를 만나지 않았던 모양이지?"

강윤수는 송곳 멧돼지의 사체에서 살코기를 도축하고 있었다. 적당히 살점을 잘라 소금을 뿌려두었다. 습기가 많아 육포를 만들긴 힘들겠지만 저장 기간이 늘어날 것은 분명했다. 강윤수가 말없이 식량만 만들고 있자 헨릭은 대답 듣기를 포기했다.

"에라이, 하기야 너 같은 놈이 마음이 무너질 리 있겠냐. 데스 제네럴한테도 사기를 치는 놈인데."

그러나 헨릭의 짐작과 달리 강윤수는 깊은 생각에 잠겨 있었다.

'뭔가 이상해. 심상치 않은 조짐이란 생각이 드는 건 왜일까.'

강윤수는 피 묻은 손으로 사체에서 심장을 뽑아냈다. 세 사람은 불침번을 돌아가며 동굴에서 휴식을 취했다. 아침이 되었어도 여전히 하늘은 침침했다. 빗줄기를 맞으며 세 사람은 산맥을 걸었다.

구름 낀 하늘을 올려다보며 헨릭이 불만스런 표정을 지었다.

"이놈의 비는 대체 언제 그치는 거야?"

"사흘 뒤."

"……강윤수 님은 점집 차리시면 대성하실 거예요."

며칠 산맥을 오르자 건조 식량이 모두 떨어졌다. 그러나 다행히도 강윤수가 챙겨온 송곳 멧돼지의 고기가 있어 굶주림은 면할 수 있었다.

그렇게 고된 산행을 며칠.

낙엽 가득한 산길에서 노숙하던 밤이었다. 거짓말처럼 강윤수의 말대로 비가 그쳤다. 모든 것이 젖어 있었지만, 강윤수는 용케도 마른 장작을 구해왔다.

평소처럼 국자로 양철 냄비 속 고기 수프를 휘적거리던 샤네트는 갑작스레 손놀림을 멈추었다.

"무슨 소리 들리지 않아요?"

막 나무 팔찌 하나를 완성한 헨릭도 조각도를 세게 움켜쥐었다. 강윤수는 무심한 얼굴로 마지막 남은 냉주를 홀짝이고 있었다.

바스락.

풀숲 너머에서 들려온 소리였다.

샤네트는 주의 깊게 그곳을 바라보며 사이드에 손을 가져갔다. 그 순간, 풀숲에서 갑작스레 길쭉한 그림자가 나타났다.

"동석해도 되겠느냐?"

치렁치렁한 금발의 여인이었다. 옷차림은 귀족의 것처럼 화려했고 고풍스러운 느낌이 흘렀다. 말투는 부드러웠고 행동에선 묘하게 기품이 흘렀다. 보드라운 살결은 평생 낮 한 번 쥐지 않아본 것처럼 곱고 새하얬다.

순간 시선이 아찔해질 만큼 아름다운 미녀였다.

위아래로 젖은 나무들이 흐드러진 계곡처럼 보일 만큼 여인의 매력은 고귀했다. 그러나 샤네트는 경계심 어린 어조로 말했다.

"누구시죠?"

"도둑이란다."

어이가 없는 대답이었다.

샤네트가 눈썹을 찡그렸다.

"도둑이라니요?"

"남의 것을 훔쳐왔으니 도둑 아니겠느냐?"

그때였다.

갑자기 다가온 헨릭이 샤네트의 뒤통수를 재빠르게 눌렀다. 갑작스러운 힘에 그녀는 목이 부러질 듯이 고개를 푹 숙였다.

"꺄악! 뭐하시는 거예요?"

당황한 샤네트가 헨릭을 곁눈질하며 물었다. 그러나 그녀는 경악하고 말았다. 평소 능청스럽기 짝이 없던 헨릭이 자신보다 몇 배는 더 당황한 얼굴을 하고 있었다.

그는 금방이라도 식은땀을 흘릴 것처럼 눈동자를 불안하게 떨더니 무릎을 꿇고 고개를 조아렸다.

"부끄러운 낯짝을 비추어 황송하기 짝이 없습니다. 너무나 누추하고, 황량한 이곳에서 감히 레오르칸 제국의 황녀 키시프란 님의 존안을 뵙습니다!"

순간 샤네트는 자신의 귀를 의심했다.

황녀?

지금 눈앞에 있는 이 금발머리 여자가 제국의 황녀, 황제의 딸이란 말인가?

그러나 한때 헨릭은 황녀 전속 세공사였다. 평소 느긋하기 짝이 없는 헨릭이 이런 반응을 보이니 거짓말이라고 생각하기도 어려웠다. 샤네트가 멍한 표정을 짓고 있자 헨릭은 황급히 그녀의 뒤통수를 꾹 눌렀다.

"멍청아! 평민은 황실의 핏줄 앞에서 함부로 고개를 드는 것도 죄야!"

"죄, 죄송합니다!"

샤네트도 황급히 고개를 조아렸다. 그러나 그녀의 시선은 눈앞의 황녀가 아닌, 강윤수에게 향했다.

아니나 다를까.

강윤수는 고개를 조아리기는커녕 그 자세 그대로 냉주를 마시고 있을 뿐이었다.

키시프란은 의아한 표정을 지었다.

"그대는 어째서 나에게 고개를 조아리지 않느냐?"

"하기 싫어서."

헨릭은 물론이고 샤네트까지 안색이 새파랗게 변했다. 샤네트는 어떻게든 화제를 돌려야겠다는 일념으로 무례를 무릅쓰고 소리치듯 물었다.

"화, 황녀 전하! 어찌하여 귀하신 분이 이런 누추한 산맥에 계신지요? 무척 궁금합니다!"

"길을 잃었단다."

"네……?"

너무 간단한 대답이라 도리어 당황스러웠다. 그때 황녀를 바라보는 헨릭의 시선이 미묘하게 변했다.

그가 조심스러운 목소리로 물었다.

"정말 황녀님이 맞으십니까?"

"맞지만, 아니기도 하단다."

이상한 대답이었다.

헨릭의 눈매에 의심이 깃들기 시작했다.

"실례지만, 감히 일어나도 되겠습니까?"

"원한다면, 그러도록 하렴."

헨릭은 천천히 일어났다.

전직 황녀 전속 세공사는 날카로운 눈초리로 황녀의 얼굴을 살폈다. 곧 그가 손에 쥐고 있던 나무 팔찌를 조심스레 내보였다.

"착용하실 수 있으시겠습니까?"

"물론이란다."

황녀는 부드럽게 대답하더니 팔찌를 가져와 왼쪽 손목에 찼다. 그러자 헨릭은 한숨을 섞어 말했다.

"도플갱어로군."

황녀는 당황하거나, 화내지 않았다. 그저 저들은 나를 보며 왜 저리 놀라나 하는 듯 의아한 표정을 지었을 뿐이었다.

"도플갱어라니요?"

샤네트가 당황해 물었다.

하기야 말이 되지 않긴 했다. 이런 오밤중 산속을 제국의 황녀가 무슨 볼일로 헤매고 있겠는가.

헨릭은 황녀를 바라보며 말했다.

"나도 처음에는 긴가민가했는데, 이제야 확실히 알겠다. 나는 그분을 자주 가까이서 뵈었지. 그분은 세공용 엘프목에 알레르기를 지니셨어. 엘프목에 관련된 세공품이라면 치를 떠셨지. 내가 제비꼬리 나무 팔찌를 선물해 드렸을 때는 두드러기가 잔뜩 돋아나서서 하마터면 황궁에서 쫓겨날 뻔도 했지."

헨릭은 팔찌를 낀 황녀의 손목을 가리켰다.

"저 나무 팔찌도 엘프목이야. 그런데, 봐. 멀쩡하잖아."

헨릭은 확신을 담아 말했다.

"무엇보다 황제 폐하는 딸을 끔찍이 아끼는 분이시다. 그런

분이 키시프란 황녀를 이런 곳에 오도록 내버려 둘 리 없어."

"하, 하지만……."

샤네트는 고개를 들고 키시프란 황녀를 자세히 바라봤다.

아름답고 긴 속눈썹. 정교한 이목구비. 누가 봐도 절세의 미녀 이외에는 달리 묘사할 단어가 없었다.

저렇게 생동감 넘치는 여인이 몬스터라고 생각하니 머릿속이 혼란스러웠다.

"정말, 정말로 도플갱어인가요?"

"너희들 관점에서 보자면 그렇단다."

황녀는 단아한 말투로 인정했다. 그러나 그녀는 다른 도플갱어와는 어딘가 달랐다. 자신의 정체를 들키면 다른 사람의 머릿속을 교란하거나, 공격을 해왔던 몬스터들과 달리 황녀는 그저 가만히 서 있을 뿐이었다.

더군다나 현혹하거나 공격해 오는 일도 없었다. 그때 황녀는 불가에서 익힌 고깃덩이를 가리켰다.

"먹어도 되겠느냐?"

"어."

고깃덩이 앞에 있던 강윤수가 말했다. 그는 불가에서 노릇노릇하게 익은 심장을 빼 넓적한 나무 식기에 올렸다.

그녀는 고개를 휘젓더니 말했다.

"포크와 나이프는?"

"없어."

"그럼 무엇으로 식사를 하느냐?"

"맨손으로."

"그렇구나."

황녀는 강윤수를 물끄러미 보더니, 그를 따라 맨손으로 송곳 멧돼지의 심장을 들어 입에 대고 씹었다.

거침없는 행위였다.

생긴 것은 영락없이 귀족가의 영애인데, 입가에 검댕을 묻혀가며 고기를 뜯으니 뭔가 부자연스러웠다.

샤네트가 헨릭에게 속삭였다.

"도플갱어라면, 왜 우리를 공격하지 않는 거죠?"

"낸들 알겠냐."

"나는 변이종이란다."

샤네트와 헨릭은 조금 놀랐다. 아주 조그맣게 귓속말을 나누었음에도 황녀는 귀신같이 알아들은 것이다. 심장의 살점을 씹어 삼킨 뒤 황녀는 말했다.

"평범한 도플갱어는 시시각각 모습을 바꾼단다. 다른 생물에 대한 증오심도 많지. 하지만 나는 다르단다. 나는 변이된 도플갱어란다."

변이된 도플갱어?

"평범한 도플갱어였던 내게 어떤 연금술사가 무수한 새로움을 불어넣었지."

황녀는 이어서 말했다.

"나는 키시프란 황녀로 모습이 고정되어 있고, 다른 것으로 변할 수는 없어. 다른 자의 머릿속을 읽을 수도 없어. 그러나 지능이 다른 동족에 비해 굉장히 높고. 그 외에도 특이한 점이 많단다."

"어째 자기를 실험물이라도 되는 것처럼 말한다?"

"어머, 잘 아는구나. 나는 실험체였단다."

"뭐라고?"

헨릭이 얼굴을 괴상하게 구겼다.

그때 건너편 산길로부터 소음이 들려왔다.

타그닥! 타그닥! 타그닥!

그것은 말발굽 소리였다. 스물 남짓한 인원이 말을 타고 이쪽으로 오는 것이 분명했다.

남자의 거친 목소리가 울렸다.

"이 근처에 그 여자가 있을 것이다! 오늘은 반드시 찾아 사로잡아야 한다!"

황녀는 미안하다는 표정을 지었다.

"미안하구나. 나와 같이 있는 것을 보면, 저들은 너희들을 죽일 거야."

헨릭이 성난 표정을 지었다.

"젠장, 그건 또 뭔 소리야?"

"내 존재는 극비란다. 저들은 이런 곳에서 나를 목격한 민간인들까지 죽여 버릴 테지."

"저놈들이 누구인데?"

"황실기사단이란다."

"몇 사단?"

"제3기사단으로 기억한단다."

"제3기사단? 그럼 레녹스 그놈이 단장인데?"

헨릭이 당황한 표정을 지었다.

"아시는 분이세요?"

"알긴 아는데, 그놈은 사사로운 정에 휘둘리지 않아. 옛정이라도 황실의 명을 어기고 날 살려줄 위인은 못 돼."

헨릭이 도플갱어를 밉살맞은 눈초리로 째려보았다.

"그냥 너를 넘겨주면 안 되겠냐?"

"나는 황실의 극비란다. 저들은 이런 곳에서 황녀를 목격한 민간인들까지 모조리 척살할 거야. 저들은 황실의 충실한 개니까."

헨릭은 선언했다.

"이젠 진짜 다 뒈졌다."

그는 재빨리 짐을 챙겨 일어났다.

"빨리 이 도플갱어하고 떨어지자고. 이렇게 되면 모른 척하고 도망치는 것만이 살길이다."

"하, 하지만 황녀님의 도플갱어를 이렇게 혼자 두고 가도 괜찮을까요?"

"젠장, 어떤 암투에 휘말렸는지 몰라도 목숨이 제일 중요하지 않겠냐. 어차피 몬스터다. 생판 처음 보는 녀석을 손해까지 감수하면서 살려야 할 이유는 없어. 안 그러냐?"

헨릭은 강윤수를 보며 말했다.

강윤수는 천천히 고개를 끄덕였다.

"어."

황녀의 도플갱어. 과거에는 그녀도 한 명의 동료로서 함께 여행했다. 변이종 도플갱어인 그녀는 독특한 특성으로 앞으로의 여정에 도움이 되었다.

그러나 같이 다녀야 할 필요는 없었다. 확실히 그녀는 강하게 성장할 수 있다. 그러나 태생이 몬스터였기에 가르쳐 주거나 신경 써야 할 게 너무 많았다.

동료였던 기억이 있기에 생존할 수 있는 도주로 정도는 알려줄 터였지만. 강윤수가 일어나 산길 저편을 가리켰다.

"저 산길을 올라 왼쪽 갈림길 능선을 타고 올라가면……."

"얼굴이 초췌하구나. 2만 년을 살아 온 자답게."

"네? 강윤수 님이요?"

샤네트가 의아한 표정을 지었다.

반면 강윤수는 자신의 귀를 의심했다.

"뭐?"

멀리 서 있던 터라 황녀의 말을 듣지 못한 헨릭이 다급히 소리쳤다.

"살고 싶으면 빨리 도망쳐야 하지 않겠냐! 서둘러!"

그들은 다급히 산길을 내려가기 시작했다.

강윤수는 황녀에게 다가가 속삭였다.

"……방금 뭐라고 했지?"

"너는 일천 번째 삶을 살고 있지 않느냐? 수백 번 마황에게 패배하면서 말이야."

황녀는 순수한 얼굴로 대답했다.

그러나 강윤수는 달랐다.

그의 무감정한 얼굴에 새로운 빛깔이 더해졌다.

"네가…… 그걸 어떻게 알고 있지?"

수천 년이 넘는 회귀를 거듭하는 동안. 이 도플갱어는 자신이 회귀해 왔단 사실을 눈치채지 못해 왔다. 그녀는 평범한 도플갱어와 달리 타인의 머릿속을 읽어내는 능력도 없다.

그런데 어떻게 그 사실을 알아냈단 말인가?

"대답해."

강윤수는 입술을 엷게 씹었다.

그의 목소리는 격앙돼 있었다.

"대답하라고 했잖아."

황녀가 싱긋 웃으며 무어라 말하려는 순간이었다.

다가오는 말발굽 소리가 점차 커졌다.

황실 제3기사단은 말을 탄 채 일제히 달리고 있었다. 비 젖은 산길에서의 승마는 그다지 추천할 일이 못 된다. 어지간한

초보자는 혀를 씹거나 낙마하게 될 확률이 높다. 그러나 황실에서 단련된 명마들은 돌부리나 나무뿌리를 잘 피해갔고, 기사들의 승마술도 훌륭했다.

선두에 선 레녹스가 소리쳤다.

"정말 그 여자를 목격한 것이 맞나?"

"확실합니다! 비탈길에서 산딸기를 따 먹다가 분명히 본…… 커억!"

흥분해서 소리치던 에릭은 혀를 깨물었는지 얼굴이 달아올랐다.

레녹스는 허리춤에 맨 칼자루 귀퉁이를 매만졌다.

"이 근처에 그 여자가 있을 것이다! 오늘은 반드시 찾아 사로잡아야 한다!"

기사단의 체력과 식량도 수일간 한계에 도달했다. 레녹스는 능숙하게 고른 지형을 찾아가 말을 몰았다. 기사단원들은 단장의 뒤를 따랐다.

곧 밝은 불빛이 새어 나오는 불가를 발견했다.

말에서 내린 레녹스는 불씨를 확인했다. 어둑어둑 꺼져 가는 불씨는 눅눅한 공기를 만나 옅게 꺼지고 있었다.

"방금까지 사람이 있었군."

단원들도 말에서 내려 불가를 살펴보았다.

한 단원이 바닥을 가리키며 말했다.

"발자국도 이곳에 남아 있습니다!"

흙길은 아직도 비가 마르지 않아 축축했다.

발자국은 선명하게 찍혀 있었다.

"우리가 쫓는 여자는 아무래도 다른 일행과 합류한 것 같습니다. 도보로 걸었으니 얼마 가지 못했을 겁니다. 뒤쫓을까요?"

레녹스가 입을 열려던 때였다.

순간, 어두웠던 주변이 환하게 달아올랐다. 뜨거운 공기가 뺨을 스쳐 갔고, 아찔한 열기에 시야가 흐려질 정도였다.

"불이다!"

"젠장. 말도 안 돼!"

불.

정말로 산불이었다.

비가 그친 지 얼마 되지 않아 산맥은 축축하게 젖어 있었다. 강제로 기름을 들이붓더라도 습기 탓에 불은 얼마 가지 않아 꺼지고 만다. 그러나 지금의 산불은 산맥을 모조리 태워버릴 듯이 맹렬히 타오르고 있었다. 불에 탄 나무들이 쓰러지며 산불이 점점 더 번져갔다.

"단장님! 명령이 필요합니다!"

"저쪽에 정령사가 있나 보군."

"예?"

"아니다, 너희는 후퇴해라."

레녹스의 말에 기사단원들은 눈을 휘둥그레 떴다.

"단장님은 어쩌실 생각이십니까?"

"이런 산불 속에서 대규모 인원이 추적을 지속하는 것은 무모하다. 나 혼자라면 이 불길을 뚫을 수 있다. 내일 아침, 산 아랫길에서 만나도록 하지."

기사단원들은 울분을 터뜨리듯 소리쳤다.

"기사단이 단장님 혼자만 내버려 둔다는 것은 어불성설입니다! 저도 가겠습니다!"

"맞습니다! 저희도 함께하겠습니다!"

"검에 몸을 맡긴 이상, 제국에 충성하며 죽겠습니다!"

그러나 레녹스는 고개를 가로저었다.

단장은 마지막 말을 내뱉은 단원을 바라보며 말했다.

"너희의 충성심은 내가 누구보다 잘 알고 있다. 그러나 제국에 충성하며 죽겠다는 말만은 하지 마라."

"예?"

"언젠가 알게 될 것이다."

단원들은 손을 부르르 쥐었다. 이를 악물며 눈물을 흘리는 자들도 있었다. 그러나 결국 레녹스를 제외하고 모든 단원이 불길을 피해 뒤쪽으로 후퇴했다.

레녹스는 말에 올라타 짐승의 갈기를 쓰다듬었다. 황실기사단장의 말답게 황궁 마구간에서 자란 명마였지만, 그다지 말에 관심이 없는 레녹스는 이 말이 어떤 품종인지 알지도 못했다. 그러나 지금 이 순간만큼은 그가 탑승한 말에 모든 것이 걸렸다.

"가자."

레녹스는 불길을 넘어 힘차게 말을 몰았다. 말은 푸르렁 거리더니 발굽질을 하며 폭풍처럼 내달렸다. 불길을 휘감은 나뭇가지와 덤불이 진로를 방해했다. 레녹스는 허리 아래까지 내려오는 장검을 뽑아 스킬을 발동시켰다.

"검에 바람의 가호를."

최상위 검술 스킬.

폭풍처럼 휘둘러진 칼날이 매서운 속도로 장애물을 제거했다. 칼끝을 감싼 풍압은 사나운 불길을 꺼뜨리는 것도 모자라 타다만 나뭇가지를 날려버렸다.

머리칼 끝이 아슬아슬하게 타버릴 즈음, 레녹스는 간신히 불길이 닿지 않는 곳까지 넘어설 수 있었다

"쿨럭! 쿨럭!"

레녹스는 거친 기침을 뱉어내고 난 뒤 주변을 둘러봤다.

저 너머에 사람들이 보였다.

레녹스는 간략하게 구분했다.

엷은 화상 자국을 가진 여자, 무표정한 청년, 어딘가 익숙한 중년, 불길을 두른 소녀, 그리고 금발머리의 여인.

'저 사람은…… 설마 헨릭?'

레녹스는 눈을 가늘게 떴다가 곧 고개를 가로저었다. 몸이 굳는 불치병으로 은퇴했던 황녀의 세공사가 이런 곳에 있을

리 없었다.

다른 사람과 달리 불을 두른 소녀와 금발머리 여인은 똑똑히 보였다.

'불길을 두른 소녀가 산불을 피워낸 정령이겠군. 그럼 다른 한 여자는…….'

먼 거리임에도 황족 특유의 찬란한 금발은 확연히 구별할 수 있었다. 카시프란 황녀의 도플갱어. 지금껏 쫓아온 임무의 목적이었다.

레녹스가 말머리를 그쪽으로 돌리려던 참이었다.

한 청년이 자신 쪽으로 걸어왔다.

자신이 불길을 뚫고 달려오는 것을 봤을 텐데도 청년은 겁 없이 빠르게 걸어왔다. 독특하게도 지팡이와 검을 동시에 허리춤에 맨 차림새였다.

레녹스는 청년에게 검을 겨누며 소리쳤다.

"물러서라! 나는 황실 제3기사단의 단장 레녹스 히르마젠이다! 황실의 임무로 인해 나는 저 너머의 여자를 수송할……."

"닥쳐."

청년의 대답은 간결했다.

레녹스는 경고하듯 소리쳤다.

"지금 비키지 않으면……."

"닥치라고 했을 텐데."

청년의 목소리는 화가 난 것처럼 차갑고 낮았다.

레녹스는 얼굴을 구겼다.

"이름도 모르지만, 미안하게 됐군."

레녹스는 남자 쪽으로 말머리를 돌리고 검을 빼 들었다. 명령이 내려온 이상, 황녀의 도플갱어를 목격한 자는 죽여야 했다. 전속력으로 말을 몰며 레녹스는 칼을 세차게 휘둘렀다.

서걱-!

"히이이이잉-!"

레녹스가 탄 말의 앞발이 절단됐다.

레녹스는 안장에서 떨어졌으나 침착히 낙법을 구사해 피해를 줄였다. 흙바닥을 딛고 일어나 레녹스는 날 선 눈빛으로 남자를 바라봤다. 방금 자신의 일격은 정확히 목을 베어버렸어야 할 궤도였다.

그러나 남자는 상처 하나 없이 멀쩡했다.

우연히 그의 움직임이 레녹스의 칼날을 피해간 것 같았다. 레녹스는 무척 놀랐으나 내색하지 않고 경고했다.

"천운은 두 번 따라주지 않는다."

하지만 살며시 의혹이 드는 것은 부정할 수 없었다.

정말 우연이었을까? 알 수 없는 경각심이 레녹스의 태세를 바꾸었다. 그는 칼자루를 쥔 손에 힘을 넣었다.

"검에 바람의 가호를."

기사단장의 칼날에 격한 바람이 휩싸였다. 폭풍처럼 휘둘러진 검이 상대를 노렸다. 그러나 남자는 피해 버렸다.

그다지 빠르지도 않은 속도로.

매서운 칼날의 궤도를 읽고, 가볍게 움직여, 피해냈다. 숨이 찰 정도로 휘둘러도, 칼날의 끄트머리는 허공만을 갈랐다. 남자는 피 한 방울 흘리지 않은 채 조용히 자신을 응시했다.

순간 레녹스는 할 말을 잃고 남자를 쳐다보았다.

"대체 너는 뭐 하는 놈이지……?"

"너에게 쏟는 시간이 단 1초도 아깝군."

강윤수는 단호히 검을 빼 들었다.

그의 머릿속은 오로지 다른 생각에 매여 있었다.

반면 레녹스는 경악했다.

그것은 달빛을 받아 흐드러진 칼날이었다. 레녹스는 그 칼의 흐름을 쫓다가 저도 모르게 현혹되었다. 검을 익힌 자만이 알아볼 수 있는 기묘하고, 예리하며, 아름답기까지 한 궤도.

"아!"

어느새 강렬한 충격이 머리를 강타했다. 레녹스의 시야가 새까맣게 물들어버린 것은 순식간이었다.

강윤수는 황실기사단장을 칼등으로 때려 기절시켰다.

레벨 차이가 굉장했을 텐데도 레녹스를 순수하게 검술만으로 압도한 것이다. 그 엄청난 사실에도 별 감흥 없이 강윤수는 일행이 있는 곳으로 돌아왔다.

강윤수는 황녀의 도플갱어에게 다가갔다.

"얘기를 하지."

강윤수는 그녀를 외딴곳으로 데려갔다.

샤네트와 헨릭에게 들리지 않을 정도로 멀어지자 그가 입을 열었다.

"내가 회귀했단 사실을 어떻게 알고 있지?"

"내 안에 있는 누군가가 대답해 주었단다."

"그게 누구인데?"

"나도 정확히 알지 못한단다. 밖으로 나오지 못하고 내 속에 가두어진 존재가 있어. 나는 그 존재에게 '흰 그림자'란 별명을 붙여줬지. 그 흰 그림자가 지금 네게 이 말을 꼭 전해 달라더구나."

그녀의 다음 말은 강윤수를 전율시켰다.

"너의 삶은 일천 번째가 마지막이라고. 더 이상의 회귀는 없다고 하더구나."

바로 이 순간.

일천 번째 삶에 와서 지금까지 없었던 이변이 일어났다.

6장
아이리스

"단장님! 괜찮으십니까?"

레녹스는 누군가 자신의 어깨를 흔드는 것을 느꼈다. 눈을 떠보니 단원 중 하나가 걱정스러운 표정을 짓고 있었다. 어젯밤 기절했던 그 자리 그대로 기사단원들이 몰려와 있었다.

"부끄럽군."

레녹스는 일어나 고개를 휘젓곤 단원이 내민 수통을 벌컥벌컥 마셨다. 그런 단장을 바라보며 단원들은 호기심 강한 표정을 지었으나 누구 하나 감히 입을 열지 못했다.

그때 에릭이 물었다.

"그 목표물은 놓치신 겁니까?"

단원들은 에릭을 쏘아보았다. 다들 궁금증이 들었으나 고지식한 단장을 위해 직설적인 질문은 참았던 것이다. 그러나 레녹스는 손을 휘젓고 말했다.

"에릭의 잘못이 아니다. 내 불찰이었지. 놈들을 놓치고 말았어."

"단장님께서 놓치셨을 정도라니. 어젯밤의 화재가 생각보다 심각했던 모양이로군요."

"아니, 화재보다 더 끔찍한 재앙이 있었다."

"예?"

레녹스는 칼자루를 쥔 손아귀를 바라봤다. 손끝이 현저하게 떨려왔다. 어젯밤 바라본 그것은 꿈의 일부라도 되는 양 비현실적으로 느껴졌다.

그러나 기억은 놀랍도록 선명했다. 그 남자의 검술이 똑똑히 기억났다. 레녹스의 심장이 살며시 고동쳤다.

신체의 역량은 자신이 압도적으로 강했다. 자신이 경이로운 검술에 혼이 팔리지만 않았었더라도 승부가 그렇게 일방적이진 않았으리라.

그러나 그 검술은 확실히 놀라웠다. 지금까지 배워온 검의 지식이 모조리 뒤바뀌는 듯했다.

'제1기사단장님 이후로 그런 검술은 처음 보았다.'

레녹스는 자리에서 벌떡 일어났다.

그는 에릭을 가리키며 말했다.

"자네의 말을 빌려도 괜찮겠나?"

에릭은 감격한 표정을 짓더니 힘차게 경례를 붙였다.

"옛, 알겠습니다!"

"미안하지만 다른 기사단원의 뒤에 타주게."

레녹스는 말에 올라타 고삐를 쥐었다. 단원들도 고개를 끄덕이고 말에 도로 올라탔다.

레녹스는 힘차게 소리쳤다.

"아직 멀리 가진 못했을 거다! 다시 목표를 쫓는다! 목표물은 다른 사람들과 합류했다. 특히 표정 없는 여행자를 조심해라!"

강윤수는 앞장서 걸었다.

그는 거친 돌부리나 얽히고 얽힌 나무뿌리를 가볍게 뛰어넘어갔다. 그러나 머릿속은 걸음걸이가 아닌 다른 것을 생각했다.

"너의 삶은 일천 번째가 마지막이라고, 더 이상의 회귀는 없다고 하더구나."

그 말이 진실일까.

굳이 의문을 가질 필요도 없었다.

원래 산맥에 없던 도플갱어들이 갑작스레 나타났고, 황녀의 도플갱어는 자신이 회귀했단 사실마저 알고 있다. 속삭임이 언급했던 '이변'이 바로 이것이었을까? 어찌 됐건 이제껏 반복되기만 했던 삶에 새로운 변화가 일어난 것은 분명했다.

희끄무레했던 머릿속에 요란한 폭풍이 스쳐 갔다. 수백 번의 회귀 동안 무엇이든 최선을 다해 왔다. 검을 쥘 때의 고통을 잊을 만큼 싸웠으며, 자신을 인형으로 만드는 고통을 감내했고, 낯선 언어를 질리도록 외웠다.

그렇게 2만 년이 넘는 세월 동안 그는 초월자가 되었다.

모든 분야의 정점에 도달했다. 이번에도 반복을 끝내기 위해, 마황을 죽이기 위해 노력했다.

소중했던 모든 것을 살리고, 세상을 지키기 위해서.

그러나 한편으로 안일한 생각이 들었음은 부정할 수 없었다. 이번에 실패해도 다음 생이 있다.

'마황은 내가 회귀를 거듭할수록 조금씩 약해지고 있었지. 그래서 나는 더욱 안일했다.'

하지만 더 이상 회귀가 없다면.

회피할 도피처는 사라져 버린 것이다.

'이번이 정말 마지막 삶이라면⋯⋯.'

"저기요, 강윤수 님?"

샤네트가 뒤에서 지친 목소리로 물었다.

강윤수는 그제야 자신이 목표했던 곳보다 훨씬 멀리까지 걸어왔음을 깨달았다.

고른 흙에는 봉오리를 튼 보랏빛 붓꽃이 만발해 있었다.

그가 말했다.

"쉬자."

"진작 그렇게 말할 것이지."

헨릭은 흙바닥에 쓰러지듯 누웠다.

어젯밤부터 조금도 쉬지 않고 산길을 내려왔으니 그럴 만도 했다. 샤네트도 아픈 다리를 주무르며 바닥에 주저앉았다. 그사이 강윤수는 도플갱어에게 다가갔다.

"얘기해."

여인은 순순히 고개를 끄덕였다.

샤네트는 의구심 어린 눈동자로 둘을 바라보았으나 딱히 무어라 말하진 않았다. 두 사람에게 닿지 않을 거리가 되자 강윤수가 말을 꺼냈다.

"네 안에 있는 존재. 흰 그림자라고 했나? 그것이 언제부터 네 안에 있었지?"

"흰 그림자는 내가 태어난 이후 내 몸에 섞여 들어왔단다."

"그 존재가 무엇인지는 알아?"

"나도 모른단다. 그 존재는 과묵해."

강윤수는 이어서 물었다.

"네 안에 있는 흰 그림자는 언제, 얼마나 무엇을 속삭이지?"

"평소에는 말이 없단다. 그 존재는 나의 한쪽 귀퉁이에서 외톨이처럼 쓸쓸히 혼자 있지. 내가 말을 걸어도 대답해 주지 않았어."

"넌 왜 그 존재를 흰 그림자라고 부르지?"

"그 존재가 이 세상에 존재해선 안 될 것처럼 느껴지기 때문이란다."

강윤수는 그녀의 말을 이해할 수 없었다.

도플갱어는 강윤수를 의미심장한 눈길로 바라봤다.

"하지만 너를 보았을 때는 다르더구나. 내가 먼저 말을 꺼내지 않았는데도 처음으로 먼저 말을 걸어왔지. 흰 그림자는 너에게 관심이 많은 것 같더구나."

"지금은 어때?"

"조용히 있단다."

"내가 더 이상 회귀할 수 없다는 사실을 어떻게 믿지?"

"흰 그림자는 너를 잘 알고 있단다. 네가 수천 명을 학살하는 삶, 대연금술사의 삶, 몬스터의 군주가 되는 삶, 그 외에 많은 삶을 살아왔단 것도 모두 알고 있었어."

반복된 회귀 동안 겪어 보지 못한 존재가 자신을 알고 있다. 더 이상 회귀할 수 없다는 사실에 신빙성이 생겨났다. 이번 삶에서 그녀와 함께할 생각은 없었다. 그러나 반복되던 삶에 새로운 변화를 일으킨 것은 도플갱어 속 흰 그림자라는 존재였다.

그것만으로도 반드시 함께해야 하는 이유가 된다.

강윤수는 결심을 굳혔다.

"이제부터 너는 나와 같이 다니도록 해. 대신, 그 존재가 무엇이라도 말한다면 반드시 내게 알려."

"내가 그래야 할 이유가 무엇이 있느냐?"

"뭐."

"내가 너와 함께 가야만 하는 이유 말이야."

언젠가 똑같은 질문을 받은 기억이 있다. 그때의 자신은 이렇게 대답했다.

"나와 함께 간다면, 이름을 지어주겠다."

황녀는 의아한 표정을 지었다.

"나의 이름? 나는 도플갱어란다. 그런 것은 없어."

"황녀가 아닌, 너 자신을 찾게 해주겠다."

그녀는 이상하다는 듯 아름다운 눈동자로 강윤수를 쳐다보았다.

"나는 이름 없는 괴물이란다. 그런 나에게 이름을 지어주겠다고?"

"어."

강윤수는 고개를 끄덕였다.

"이름을 지어준다면, 무엇으로?"

그는 주변을 둘러보다가 저편의 보랏빛 붓꽃을 가리켰다.

"아이리스(Iris)."

붓꽃의 서양식 이름이었다.

저 보랏빛 꽃에 담긴 꽃말도 떠올랐다.

'좋은 소식.'

……정말 그럴까?

"잘하는 짓이다. 도플갱어한테 이름까지 지어주고, 같이 다니겠다고? 기사단한테 죽을 일 있냐?"

헨릭이 어이가 없다는 표정으로 빈정거렸다.

그러나 강윤수는 고개를 가로저었다.

"전설 의뢰를 마지막까지 수행하기 위해선 반드시 아이리스의 도움이 필요해."

사실 아이리스가 없더라도 전설 의뢰는 얼마든지 진행해 나갈 수 있다. 지금껏 지겹도록 수행해 왔던 의뢰였으니까. 그러나 아이리스와 함께할 변명 거리가 필요했다.

샤네트가 예리한 눈초리로 물었다.

"설마 저분이랑 같이 다니고 싶어서 그냥 지어낸 말은 아니시겠죠?"

"아니야."

샤네트는 의외로 날카로웠다.

"왜 황녀님의 도플갱어가 이런 곳에 있는 건가요?"

"나의 존재 의의는 황녀 암살이란다."

대뜸 아이리스가 충격적인 말을 내뱉었다.

헨릭과 샤네트는 서로 당황한 표정을 지었다.

레오르칸 제국. 대륙을 지배하는 제국의 황녀를 암살한다고?

아이리스는 흙바닥에 피어난 들꽃의 줄기를 꺾었다. 그러곤 꽃의 수술을 침이 가득한 혀로 살짝 핥아대기 시작했다. 그 기묘하다 못해 묘하게 유혹적이라는 생각마저 드는 동작에 관한 의문을 참고서 헨릭은 물었다.

"황녀 암살이라니? 그게 대체 무슨 소리냐?"

"황실에는 황녀를 암살하려는 사람들이 있단다. 그 사람들은 도플갱어를 잡아다 실험을 감행했단다. 수백 마리의 도플갱어가 희생되고, 하나의 변종이 탄생했지. 그것이 나란다. 모든 것이 황녀와 똑같고, 몸체를 바꿀 수도 없는 도플갱어."

헨릭은 도저히 믿지 못하겠다는 표정이었다.

샤네트도 물었다.

"어째서 그렇게까지 해서 황녀의 도플갱어를 만든 거죠?"

"황녀를 죽이고, 바꿔치기하기 위해서란다. 아무도 황녀의 죽음을 눈치챌 수 없도록."

아이리스는 수술을 핥다가 꽃잎을 입에 넣고 삼켰다.

헨릭은 기가 차서 아무런 말도 못 하겠다는 표정을 지어 보였다.

그 대신 샤네트가 물었다.

"그런 도플갱어가 어떻게 여기까지 온 거죠?"

"나는 많은 것을 배워갔단다. 황녀의 예식과 행동. 결코 들키지 말아야 할 주의사항. 하지만 나는 답답했지. 내 자신을 알고 싶었단다. 그래서 나를 옥죄고 있던 곳에서 탈출했어. 그들조차 몰랐던 나의 힘을 발휘해서."

아이리스는 들꽃 한 송이를 더 땄다. 이번에는 꽃잎을 따서 버리고 수술만을 막대 사탕처럼 할짝거렸다.

"나는 도망쳤지만, 그들은 나를 쫓았단다. 커다란 길을 폐쇄하고, 칼을 든 자들을 동원해서 말이야."

"커다란 길? 시니란트 교역로로 말씀이세요?"

아이리스는 고개를 끄덕였다.

"나를 잡고자 했던 자들은 내가 사람들 사이로 숨어드는 것이 마땅찮았던 것 같구나."

샤네트와 헨릭은 서로를 황당한 눈으로 쳐다봤다. 그 교역로가 폐쇄된 이유가 이 도플갱어 하나를 잡기 위해서였단 말인가?

헨릭은 신경질적으로 부스스한 머리를 긁어 내렸다.

"미치겠군. 이거, 우리가 황실의 기밀을 건드렸다. 이건 정말 위험해. 도플갱어를 잡아들여 실험을 감행하고, 그 사실을 비밀에 부칠 정도라면 보통 높은 권력자와 연관되어 있는 게 아닐 거야. 너를 잡아서 실험했던 게 누구였냐?"

"모른단다. 그들은 언제나 나의 눈을 가리고 실험을 했단다."

샤네트는 우울하게 말했다.

"어쩌다가 황실 기밀과 연루될 만큼 위험천만한 여행길이 된 걸까요?"

헨릭은 이를 갈며 울분을 삼켰다.

"빌어먹을! 언데드 성도 모자라, 외딴 산맥에 와서까지 황실의 기밀과 연루되다니. 이젠 다음에 뭔 일이 일어나든 적어도 놀라진 않겠군."

"곰이 습격해 올 거야."

"뭐, 인마?"

강윤수는 검을 빼 들었다.

장소는 달랐으나 이전의 경험으로 미루어 볼 때 지금이 확실했다.

"곰이 습격해 올 거라고."

헨릭과 샤네트는 강윤수의 시선을 따라 저편을 바라봤다.

짐승들의 그림자가 수풀 건너를 어슬렁거렸다.

하타르 산맥의 흑곰.

맹수보다 사나워 보이는 앞발과 두터운 가죽은 겉으로만 봐도 두려울 지경이었다. 하필이면 이 주변이 흑곰의 서식지였던 것이다. 흑곰들은 이쪽을 바라보며 사납게 으르렁댔다.

"쿠루우우우우웃—!"

가장 덩치가 큰 흑곰 한 마리가 거칠게 돌진해 왔다. 강윤수는 그에 맞서 달려가 검을 휘둘렀다. 전투를 치르면서도 그는 머릿속으로 다른 생각에 빠져 있었다.

이번 삶이 마지막이라면.

정말 마지막이라면.

"심연의 검술."

스킬을 발동시키자 칼날이 검푸른 빛으로 뒤덮였다. 강윤수는 날 선 칼날을 흑곰의 목덜미에 세차게 꽂아 넣었다.

서걱-!

"쿠르어어억-!"

언데드의 검술은 흑곰의 생명력을 무섭게 깎아냈다. 치명타가 터지며 피가 분수처럼 터져 나왔다. 넘친 핏물이 강윤수를 집어삼키는 듯했다.

'모든 것을 바꿔야 한다. 지금까지의 내 모든 경험을 동원해야 한다.'

그는 다짐하듯 속으로 되뇌었다.

'안일했던 마음가짐을 버린다. 설령 다치고 목숨을 걸어서라도 더 높이 성장할 것이다.'

마음의 각오가 달라졌다. 지금껏 무심했던 감정이 조금씩 깨쳐 갔다. 검을 쥔 손에 핏줄이 퍼렇게 섰다. 강윤수는 다른 흑곰을 향해 칼을 겨누었다.

치열하게.

지금보다 훨씬 치열하게.

이번에야말로 마황을 죽이기 위해.

강윤수의 무심한 눈동자에 희미한 투지가 어리기 시작했다.

　앞으로의 일정은 달라질 것이다.
　바로 오늘 밤부터 말이다.

7장
칼십자 산적단

　새로운 결심이 선 순간, 흑곰 한 마리가 강윤수에게 돌격해 왔다. 그는 몸을 뒤로 젖혔다가 앞으로 달리며 검을 휘둘렀다. 세차고 빠른 칼날이 흑곰의 목덜미를 꿰뚫었다.

　지금까지와는 확연히 다른 동작이었다.

　"쿠르우우욱-!"

　숲 뒤편에서 흑곰은 떼거리로 몰려나왔다. 산맥의 흑곰들은 무척 잔인할 뿐만 아니라 가죽도 두꺼워 웬만해선 상처를 입지 않았다. 남은 일행도 재빨리 전투태세에 돌입했다.

　샤네트는 데스 사이드를 세게 쥐었고, 헨릭은 인형소환상자에서 검사인형을 5개 꺼냈다. 그러나 아이리스는 그 자리에 태연히 앉아 있었다.

　헨릭이 성질을 내며 소리쳤다.

"이 멍청아! 지금 곰들이 달려오는데, 앉아서 뭘 하는 거야!"

그 말에 아이리스는 오히려 모르겠다는 표정으로 중년을 바라봤다.

"황녀는 원래 싸우지 않는단다. 황족이 몸소 전장에 나가는 경우는 드물어."

"그럼 좀 멀리 도망치기라도 하든가!"

헨릭은 무어라 욕설을 내뱉으려 했으나 그 전에 흑곰이 돌진해 왔다.

콰직─!

앞서 있던 검사인형이 흑곰과 거칠게 부딪쳤다. 인형의 상체 반절이 박살 났고 헨릭은 마나의 실을 재빨리 흔들었다. 그러자 4개의 인형들이 동시에 흑곰의 배를 검으로 내찔렀다. 그러나 흑곰의 가죽은 단단했고 온몸의 근육도 팽팽했다.

칼날은 들어가지 않았고 검 한두 자루 꽂힌 것으로는 난동을 멈추지도 않는다. 목덜미나 심장 같은 급소 부위를 노려야 빠르게 끝낼 수 있었다.

서걱─!

샤네트도 대낫을 전력으로 휘둘렀다. 흑곰이 맞서 앞발을 휘두르자 바위가 으깨질 듯 손에 강한 충격이 느껴졌다. 그녀는 곧장 대낫을 직선으로 내리그어 흑곰과의 거리를 벌렸다.

샤네트는 새로운 스킬을 사용했다.

"파이어 스트라이크!"

이그누스 워리어로 전직하며 얻은 새 스킬이었다. 샤네트의 대낫 주위로 5개의 화염구가 생성되었다. 데스 사이드를 길게 휘두르자 화염구는 흑곰을 향해 터져 나갔다. 이글거리는 불꽃의 구슬은 흑곰의 몸에 닿더니 광범위하게 터져 나갔다.

"쿠에에엑-!"

널리 퍼진 화염에 몇 미터 밖에 있던 흑곰들까지 불에 휩싸였다.

이그누스 워리어로 직업이 변경된 이후, 그녀의 전투력은 몰라보게 달라졌다. 몇 번 전투에서 생겼던 실수는 거의 사라지고, 오래 싸워도 대낫의 궤도가 비틀리지 않았다. 근력, 체력, 무기술이 동시에 오르는 이그누스 워리어의 직업특성 덕분이었다.

"꽃이 예쁘구나."

모두가 치열한 전투에 임하고 있을 때, 아이리스는 태평히 들꽃의 꽃잎을 매만졌다. 주변의 결투가 다른 나라의 일인 것처럼 그녀의 얼굴은 온화하고 평화로웠다. 흑곰 한 마리를 척살한 강윤수가 아이리스에게 걸어왔다. 칼날에 묻은 흑곰의 핏방울이 뚝뚝 떨어져 들꽃을 붉게 적셨다.

강윤수는 기억을 가다듬었다.

일행이 된 이상 아이리스의 전투력을 빠르게 키워야 할 필요가 있었다.

"가만히 있지 마. 너는 황녀가 아니니까."

아이리스의 얼굴에 순진한 의문이 들었다.

"내가 황녀가 아니라면, 무엇이란 말이냐?"

"너는 그저 너 자신이지."

강윤수는 당연하다는 듯 말했다.

"도플갱어는 자신의 목소리를 지니고 있지 않단다."

아이리스는 들꽃을 살그머니 쥐었다. 가볍게 쥔 것뿐인데도 꽃잎과 수술은 가루처럼 변해버렸다. 그녀는 새로운 들꽃을 꺾었다.

"베끼지 않으면, 내가 무얼 할 수 있을까."

"새로운 자신을 만들 수 있지."

아이리스는 자리에서 일어났다.

그 순간 샤네트가 황급히 소리쳤다.

"조심해요!"

흑곰 세 마리가 동시에 두 사람을 향해 달려들었다. 하지만 강윤수는 칼을 빼 들지 않은 채 가만히 서 있었다. 흑곰의 강력한 앞발이 강윤수의 안면을 강타하려는 순간이었다.

아이리스는 일어나 오른팔을 휘둘렀다.

콰지직─!

순식간에 세 마리의 흑곰이 폭포에 휩쓸리듯 떨어져 나갔다. 그것은 정말 휩쓸렸다고 묘사할 수밖에 없는 광경이었다.

샤네트도, 헨릭도 눈앞의 광경에 할 말을 잃어버렸다.

아이리스의 오른팔에 길고 굵은 송곳니가 돋아나 있었다.

"……!"

어디선가 본 적이 있는 생김새였다. 지난 밤 먹었던 야생 멧돼지의 엄니와 놀랍도록 닮아 있었다.

「도플갱어가 처음으로 낯선 존재를 받아들였습니다.

그녀는 스스로를 찾아내고자 결심한 최초의 도플갱어가 되었습니다.

도플갱어 종족의 숨겨진 이능, 포식이 개화되었습니다.」

「적의 심장을 삼킬 때마다 신체 능력을 흡수합니다.

새로운 능력을 흡수하면 이전의 능력은 사라집니다.

동일한 종의 심장을 많이 섭취한다고 해서 효력이 증가하지 않습니다. 다양한 몬스터의 심장을 고루 포식해야 수월히 성장할 수 있습니다.

심장을 많이 포식할수록 능력 흡수율이 증가합니다.

*이 문구는 도플갱어가 마음을 연 사람에게만 보입니다.」

어젯밤 아이리스가 먹었던 송곳 멧돼지의 심장. 새롭게 발현된 포식의 이능으로 몬스터의 능력을 흡수한 것이다. 전신을 변화할 순 없으나, 변이된 세포가 능력을 흡수하는 구조로 변이했다.

오히려 일반 도플갱어보다 훨씬 우월했다.

비록 완벽한 복사를 잃었을지라도, 적을 포식해 능력을 흡수하는 것은 어떤 몬스터에게서도 찾아볼 수 없는 능력이었다.

아이리스는 손목에 돋아난 멧돼지의 엄니를 살며시 어루만졌다.

"전투란 것은 신비롭구나."

"퍽이나."

헨릭이 지친 얼굴로 빈정댔다.

아이리스는 오른팔의 엄니를 휘저어 흑곰을 처치해 나갔다. 도플갱어의 악력은 일반 인간보다 훨씬 강했다. 난생처음 전투를 치렀으나 그녀는 수월히 적을 처치했다.

마침내 흑곰 무리가 모두 쓰러졌다.

주변은 피 묻은 흑곰 사체로 가득 찼다. 강윤수의 레벨은 2가 올라 90이 되었다. 강윤수는 장검을 비집어 넣어 흑곰의 심장을 잘라냈다. 그러곤 심장을 불에 익히지도 않은 채 아이리스에게 던졌다.

"먹어."

"왜 내가 이걸 먹어야 하느냐?"

"그래야 전투에 쓸 만해."

아이리스는 눈썹 하나 찌푸리지 않은 채 비릿한 심장을 씹었다.

「사나운 흑곰의 심장을 섭취해 아이리스의 근력이 소량 향상되었습니다.」

그녀는 만족스러운 미소를 지었다.

"정말 맛있구나. 익힌 것보다 훨씬 나아."

아이리스는 어미의 젖을 먹는 아기처럼 호기심 많은 눈동자로 심장을 모두 씹어 삼켰다. 그러던 그녀가 강윤수를 갑자기 빤히 바라봤다.

"네 심장을 맛보아도 되겠느냐?"

"안 돼."

"어머. 정말 아쉽구나."

아이리스는 순수하게 아쉽다는 표정을 지어 보였다.

샤네트는 반박할 힘도 없어 그저 황당한 표정만 지었다.

그다음 강윤수는 쓰러진 흑곰 사체를 언데드로 되살렸다.

"다중시체부활."

흑곰의 시체들은 죽음을 이겨낸 언데드로 부활했다. 좀비 흑곰들은 안광이 흑색으로 변하고 침을 뚝뚝 흘렸다.

강윤수는 언데드를 소환계로 보냈다.

「52마리의 좀비 흑곰을 소환계에 보존했습니다.
현재 소환계에 있는 소환수-좀비 흑곰 52마리, 백랑괴수 화이트,
샐러맨더 샐리.

보존 가능한 소환수 숫자-646마리」

강윤수는 일행을 산맥의 낡은 산장으로 데려갔다. 산지기
가 썼던 것으로 추정되는 폐가였다. 비좁았으나 숙식할 여건
은 되었다. 그들은 폐가에서 하룻밤을 보내기로 했다.

지친 샤네트는 금세 잠에 빠져들었고, 헨릭은 눕자마자 대
뜸 코를 골았다.

반면 아이리스는 밤하늘을 보며 멍하니 앉아 있었다.

"별이란 참 예쁘구나. 언젠가 저곳에 닿을 수 있다면 좋으
련만."

강윤수는 그녀를 흘깃 쳐다보다가 오른팔을 내뻗었다.

"샐러맨더 샐리 소환."

불꽃이 퍼지고 아름다운 소녀가 나타났다. 아이리스를 보
더니 샐리는 총총 뛰어왔다. 산불을 피워낼 때도 보긴 했으나
워낙 여유가 없었던 탓에 인사도 하지 못했다.

"와아! 예쁜 언니다!"

"너도 예쁜 아이구나."

"정말? 정말로?"

샐리는 눈을 초롱초롱하게 빛내며 물었다. 아이리스는 옅
은 미소를 지으며 고개를 끄덕였다.

"정말."

"와아! 사랑해!"

샐리는 아이리스를 껴안았다. 아이리스는 그런 샐리를 호기심 가득한 눈동자로 바라봤다. 그녀는 샐리의 도톰한 뺨을 매만지더니 살짝 꼬집었다.

"아야!"

샐리가 아파하자 아이리스도 놀라며 손가락을 내렸다. 아이리스는 고개를 갸웃거리다 소녀의 뺨을 살짝 핥았다.

난생처음 사람을 만난 암사슴 같았다.

샐리는 순진한 표정을 짓더니 자신도 아이리스의 뺨에 입술을 맞췄다.

"나는 샐리! 언니는 누구야?"

"아이리스란다."

아이리스는 샐리의 주홍빛 머리칼을 쓰다듬었다.

온화한 눈빛을 하며 그녀는 말했다.

"너는 정말 예쁜 아이로구나."

"언니도 예뻐! 샐리랑 놀래?"

"네가 원한다면, 그러자꾸나."

샐리는 정말 환하게 웃으며 아이리스를 껴안았다.

"만세! 샐리는 그동안 너무 심심했어! 아이리스 언니는 샐리랑 뭐 할래?"

"그럼 네 심장을 맛보아도 되겠느냐?"

"으아앙! 아빠!"

샐리가 눈물을 잔뜩 흘리며 강윤수의 허리에 달라붙었다. 소녀는 훌쩍이며 말했다.

"아빠! 아빠! 저 언니, 무서워!"

"같이 놀아."

"으아앙!"

"울면, 동생을 만들어주지 않을 거야."

"우으응…… 훌쩍!"

결국 샐리는 아이리스와 폐가에 남았다.

모두가 잠들었을 때 강윤수는 홀로 산장을 빠져나왔다. 그는 산길을 올라갔다. 강윤수는 눈을 감고 기억을 더듬었다.

'레인저나 산지기로 활동했던 삶에선 이곳이 나의 세상이었지.'

하타르 산맥의 모든 것이 떠올랐다.

흘러내리는 계곡 아래에는 전대 제국 황제의 잃어버린 검이 꽂혀 있고, 산맥의 지하에는 드워프들의 유산이 숨겨진 금광이 존재하며, 동서쪽 왼편 두 번째 산꼭대기 덤불 주변에는 불로초가 자란다.

강윤수는 기억의 편린을 좀 더 가다듬었다.

전대 제국 황제의 잃어버린 검은 효력이 뛰어났지만 손실된 내구력을 수리하기 위해선 극대량의 미스릴이 필요했다.

드워프들의 금광은 최상의 재력을 가져다줄 테지만, 광산의 주인인 골드 드래곤에게 노여움을 사게 된다.

불로초는 생명력을 크게 키워주지만 반대로 수명이 깎여버린다.

물론 하나하나 챙긴다면 장차 도움이 될 것이다.

그러나 시간이 아까웠다. 그것 말고도 여러 가지 숨겨진 보물과 비기는 모조리 꿰고 있었다.

'굳이 산맥을 뒤져가며 그것들을 찾을 필요는 없다.'

강윤수는 걸음을 멈추었다. 그의 앞으로 기다란 통나무를 줄줄이 박아 놓은 목책이 보였다. 그 너머로 산적들의 웃음소리가 들려왔다. 경비를 서고 있던 산적이 경계심 어린 어조로 칼을 겨누었다.

"웬 놈이냐?"

강윤수는 가볍게 다가가 그의 목덜미를 꿰뚫었다. 설마 그렇게 가벼운 동작으로 자신을 죽일지는 몰랐다는 듯 산적은 곧바로 쓰러졌다.

「흉악한 산적 그린웰을 죽였습니다.

악질 범죄자를 죽였기에 범죄 수치가 오르지 않습니다.

수사본부에 가면 현상금을 받을 수 있습니다.

동족학살 시너지로 경험치가 증가했습니다.

레벨이 1 올랐습니다.」

그가 최단 시간 빠르게 성장하기 위해 선택한 방법은 바로 이것이었다.

칼십자 산적단은 하타르 산맥을 주거지로 삼은 흉악범들이다. 죽이면 막대한 경험치를 얻을 수 있고 두목은 진귀한 마법검을 가졌다. 그러나 강윤수라 할지라도 저 많은 산적을 혼자 상대할 순 없었다.

원래라면 당연히 지나쳤을 과정이었다. 하지만 지금부터 자신은 달라져야 했다. 강윤수는 머릿속을 천천히 가다듬었다. 오늘 밤, 그는 몇 번째 삶의 자신이 되어야 할까.

얼마 지나지 않아 강윤수는 변해버릴 자신을 선택했다.

열 번째 삶의 자신.

생명포식자로서 무수히 많은 생명을 앗아갔던 학살자.

목책을 지나 산적단의 본거지로 들어가는 순간, 강윤수는 어느새 최악의 살인마로 변해 있었다.

칼십자 산적단.

산적이란 놈들이 대개 그렇듯 이들 역시 별반 다르지 않았다. 약탈과 살인, 절도와 강간. 모든 범죄를 아우르고 산맥이란 그늘 아래에서 은신해 살아가는 범죄자들이었다.

많고 많은 산적 중에서도 이들은 특히 악질이었다.

외딴 산맥에 모여들 만큼 흉악한들이라 사람 몇 놈 죽여 본 녀석은 기본이요, 유산 때문에 제 가족까지 살해한 자들도 있었다.

물소 가죽으로 덧댄 천막에 덩치 큰 사내 하나가 들어왔다.

"형님, 희소식이오."

칼십자 산적단 두목 아르칸은 음침한 눈빛을 흘렸다. 그는 산적단에서 가장 덩치가 크고 성미가 더러운 작자였다. 아르칸은 방금 마시려던 고급술을 탁상 위에 내려두고 산적을 마주 보았다.

"뭐냐? 아콘."

"산맥에서 정찰 돌던 놈이 여자 둘을 봤다는데."

"여자? 이 외딴 산맥에서?"

"거, 형님도 참. 왜, 저번에 도적 때문이다 뭐다 해서 시니란트 교역로가 폐쇄되지 않았소? 그래서 종종 생각 없는 연놈들이 산맥을 가로질러 오기도 하는 모양이더라고."

"어디서 발견했는데?"

"요 아래쪽 폐가에서. 원래는 흑곰 서식지였는데, 그놈들이 다 낮잠이라도 자러 간 건지 멀쩡히 잘 있더라고."

"그래서 계집년들은 이쁘냐?"

"멀리 있어서 그건 못 봤답니다."

"하긴, 뭐 어차피 계집이면 상관없지."

"아무렴요."

"안 그래도 요즘 아랫도리가 허전하던 참이었는데 잘됐다."

아르칸은 검 꾸러미를 쥐고 술병 마개를 닫은 뒤 허리춤에 묶었다.

둘은 천막 밖으로 나왔다. 바깥에는 불을 지펴놓고 술을 퍼마시거나 도박을 하는 산적들이 가득했다. 아콘이라 불린 남자는 들뜬 표정을 지으며 두목의 곁에서 걸었다.

"나도 요새 냄새나는 사내놈들만 본 지 꽤 됐수. 교역로 끊기면서 우리 수입도 뚝 끊겼잖소? 흐흐. 얼른 맛보고 싶구먼."

칼십자 산적단은 커다란 조직이었다.

가난에 겨워 도적질이나 해대는 산적들과는 차원이 달랐다. 보통 산적들이 상단 마차나 행인을 턴다면, 이들은 마을이나 상단 그 자체를 털었다.

인원만 따지자면 거의 300명에 달했다. 이들은 살인자, 강도, 도둑 따위가 뭉뚱그려진 소규모 군대나 다름없었다. 범죄라면 쥐 잡는 것보다 간단히 해버리는 녀석들이 가득했고, 검을 포크보다 가볍게 내려찍는 녀석들이었다.

거기다 희귀한 무기를 훔쳐내 사용하는 녀석이 있는가 하면, 마법 나부랭이를 배워와 범죄에 써먹는 자들도 있었다.

각자의 범죄 수치도 최소 30 이상이었다. 수사관들도 개인이라면 결코 이들을 얕볼 수 없을 정도였다. 그들의 거주지는 산맥 중에서도 가장 높은 언덕이었다. 언덕 위로는 호수를 가둬둔 제방이 보였다.

"오늘도 제방은 튼튼하게 묶어뒀겠지?"

"거, 형님도. 뭔 걱정이 그리 많소. 애들 시켜다가 단단히 묶어두고 감시책도 세웠으니 염려 마시오."

"제방은 우리의 무기이지만, 독이 될 수도 있다."

"그걸 누가 모르오?"

아콘이 퉁명스레 대답했다.

수사관이나 제국군이 침입할 것을 염려해 설치해 둔 제방이었다. 여차할 때 무너뜨리면 대량 산사태를 유발해 주변을 모조리 쓸어버릴 수 있었다.

"그나저나 산맥에 뿌리를 내린 지도 오래되었군."

"맞소. 슬슬 거처를 옮겨야 할 때 아니오? 교역으로 수입도 없으니 이젠 영, 여기도 별로인데."

아르칸은 짙게 자란 턱수염을 쓰다듬었다.

"다음은 수도로 가볼까."

"엥? 수도? 우리 같은 놈들이 수사관 눈 피해서 버틸 수나 있겠소?"

아콘이 의문을 표했으나 아르칸은 고개를 휘저었다.

"흑호 클랜이 있지 않나."

"아, 요즘 유명한 그곳?"

"최근 커다란 상단과 손을 붙잡고 마약 밀매로 세력을 불린다더군."

아콘은 오래도록 씻지 않은 정수리를 긁적였다.

"난 거기 별로요. 세력 크고, 지부 많고, 수완도 좋은 것까진 인정하겠소. 그런데 거기 대장이 여행자라면서?"

"여행자라서 문제냐?"

"문제랄 것까지야 없지만, 좀 찜찜하긴 하지요."

아콘은 칼날 끝에 묻은 먼지를 훅 불어 떨어뜨렸다.

"난 여행자 그놈들이 싫소. 난데없이 외딴 세계에서 나타나서는, 우리가 무슨 꼭두각시라도 되는 것처럼 함부로 대하려는 녀석들도 있고 미친 듯이 몬스터만 찾아 대는 것들도 있고. 아주 바쁘게 살지 못해서 안달이 난 녀석들 같단 말이오."

"그것도 그렇군."

아르칸은 순순히 고개를 끄덕였다.

그는 잔인하고 난폭하지만, 동시에 냉정한 지도자이기도 했다. 수사관의 눈을 피해 칼십자 산적단이 생존해 온 것도 그의 통솔력이 밑바탕이었다.

아콘은 덧붙였다.

"뭐, 그렇다고 내가 딱히 흑호 클랜에 불만이 있단 소리는 아니오. 우리도 식량이랑 술도 떨어져 가고 있으니까. 뭣보다 산맥은 안전하긴 한데, 사람 죽이고 여자 볼 일이 없어서 너무 심심해."

"동감이다. 수도로 가면 한탕 할 일도 많겠지."

거처 중앙에 도달한 아르칸은 커다랗게 고함쳤다.

"다들 모여라!"

난잡하게 빈둥거리던 산적들이 일제히 일어나 연단 앞으로 모였다.

그들의 뺨에는 모두 십자 모양 흉터가 존재했다. 칼십자 산적단의 증표로 전투로 얻은 상처가 아니라 소검으로 자해하여 얻어낸 흉터였다.

아르칸은 뒷짐을 지고 말했다.

"계집 후리러 갈 거다. 갈 놈 손들어라."

거의 모든 산적이 일제히 손을 들었다.

아르칸은 지원자 중에서 10명 정도를 선별했다. 산적 중에서는 워낙 거친 놈들이 많아 납치해 오는 중에 계집을 죽여 버리는 가학적인 취미의 녀석들도 꽤 되었다.

그런 녀석들은 미리 골라내야 했다.

선발되지 못한 자들은 아쉽다는 표정을 지으며 제자리로 돌아갔다.

인원을 꾸려 산중턱을 내려가던 때였다.

"끄아악-!"

희미한 비명이 들려왔다.

그들의 거처에서 들려온 소리였다. 아르칸, 아콘을 비롯한 산적들이 의아한 표정을 지었다.

바윗덩이 아래로 새빨간 핏물이 흘러내렸다.

아콘은 실소하더니 말했다.

"세상에 붉은 샘물이 있었냐?"

"내가 알기론 없지."

"그럼 어떤 건방진 놈이 우리 거처를 습격했단 말이군."

아군이 죽임을 당했다면 당황할 법도 한데 이들은 전혀 그런 것이 없었다. 애초에 동정심이라곤 눈곱만큼도 없는 작자들이었다.

아르칸은 넓적한 칼날의 검을 세게 쥐었다.

"얼굴에 십자 모양 흉터를 새겨줘야겠군."

강윤수가 칼십자 산적단 본거지로 들어오자 불가 주위로 주사위 도박을 하는 산적들이 보였다.

그는 가장 가까운 자의 뒤통수를 부숴버렸다.

산적은 비명도 내지르지 못한 채 앞으로 쓰러져 죽었다. 다른 산적들은 쥐고 있던 카드도 내려놓지 못한 채 강윤수를 멍하니 바라봤다.

누군가 무기를 쥐기도 전에, 강윤수의 손아귀는 번개폭풍 지팡이를 재빠르게 쥐었다.

"뇌전방출."

파지지직―!

지팡이에 모여 있던 마나가 폭발해 세찬 벼락을 흩뿌렸다. 그 주위에 있던 산적 20명이 거의 통구이가 되다시피 타버렸다. 낯선 파열음을 듣고서 다른 산적들이 험악한 표정으로 각자의 무기를 움켜쥐고 왔다.

"너는 뭐냐?"

강윤수는 대답하지 않았다.

산적단의 규모는 약 300명.

혼자인 강윤수가 상대하기에는 불가능에 가까운 수치였다. 언데드를 대동해 싸울 수도 있지만, 그랬다간 획득 경험치가 줄어든다. 더군다나 홀로 이들을 상대해 본 경험은 없었기에 공격 궤도도 알지 못했다. 그러나 강윤수는 학살자였던 그 시절, 열 번째 삶을 떠올렸다.

한때 자신은 대규모 군대를 혼자 척살해 버리기도 했다.

산적들이 무기를 빼 들고 사납게 달려왔다. 편협한 지형상 300명이 모조리 강윤수를 노릴 순 없었기에, 실상 달려든 것은 수십 명 정도였다.

강윤수는 가장 앞장서 있던 산적의 칼날을 피하고 그다음 산적을 향해 검을 내찔렀다. 그의 장검은 산적의 두개골을 파괴했다.

강윤수는 곧바로 지팡이를 왼편으로 휘둘러 다가오는 창날을 가로막았다. 그러자 그의 등으로 다섯 개의 무기가 동시에 들어왔다.

"뇌전방출."

파지지직-!

벼락이 용솟음치며 주위에 피해를 주었다. 그러나 눈치 빠른 산적들은 재빨리 뒤로 물러나 강력한 전류를 피했다. 뇌전방출은 하루 4번 사용할 수 있는 스킬이었다.

벌써 2번을 사용했으니 여유가 부족했다.

한 산적이 킬킬거렸다.

"어디서 굴러온 놈인지는 모르겠지만, 마법을 쓸 수 있는 게 너 혼자뿐인 것 같으냐?"

그 산적은 기다란 지팡이를 쥐고 있었다.

강윤수를 가리키며 산적은 소리쳤다.

"불꽃역류!"

세찬 불길이 강윤수를 향해 날아들었다. 강윤수는 몸을 낮춰 불길을 피하고 칼을 휘둘렀다. 근처에 있던 산적의 뒷목을 연속으로 찔러 살해하고, 그다음 산적은 입을 꿰뚫어 죽여 버렸다.

한 산적이 쏜 화살이 강윤수의 귓가를 스쳤다. 화상을 입은 것처럼 화끈한 고통과 함께 핏줄기가 흘러내렸다. 그러나 강윤수는 내색하지 않고 검을 연속으로 휘둘렀다.

산적 다섯 명이 강윤수의 칼을 맞고 쓰러졌다.

「짧은 시간 내에 44명의 흉악범을 살해했습니다.

베테랑 암살자도 놀랄 만한 업적을 이뤘습니다.

새로운 스킬, 학살연무가 생성됩니다.」

어찌나 사람을 많이 죽였는지 히든 스킬까지 생겨났다.

학살연무.

개인이 다수를 상대하기 위한 스킬이었다.

학살연무는 생명포식자 시절 때도 자주 사용하던 기술이
다. 지금의 상황에선 최적의 스킬이나 다름없었다.

강윤수는 새로 얻은 스킬을 발동시켰다.

"학살연무."

강윤수의 칼날이 재빠르게 움직였다. 얼핏 보면 불균형해
보이나 규칙성 있는 동작이었다. 그는 일곱 산적의 안면을 휩
쓸다시피 베어버렸다.

「학살연무의 스킬 레벨이 올랐습니다.

살의를 가졌을 때 급소를 자주 가격하게 됩니다.」

「학살연무의 스킬 레벨이 올랐습니다.

다수의 적을 노릴 때 칼날의 움직임이 민첩해집니다.」

"끄아악-!"

"빌어먹을-!"

강윤수가 죽인 산적이 순식간에 120명을 넘어섰다.

아무리 많은 산적을 죽일지라도 그들은 꾸역꾸역 밀려왔다. 강윤수는 번개폭풍 지팡이를 휘둘러 벼락을 흩뿌리고, 칼을 내찔렀으나 산적들의 물량 공세를 쉽사리 이겨낼 수 없었다. 한 산적의 눈알을 후벼 파 버린 순간, 기다란 창이 시체의 복부를 뚫고 나와 강윤수를 찔렀다.

푸욱-!

강윤수의 배 주변이 붉어지며 피가 터져 나왔다. 같은 일당의 시체를 꿰뚫어버린 산적은 킬킬 웃었다. 그러나 강윤수의 검이 그의 입을 꿰뚫어 찢어버렸다.

"우어억-!"

"생체흡수."

「산적 리케위르의 생명력을 소량 흡수했습니다.

산적 클래스의 특성을 조금 물려받아 2시간 동안 약탈을 할 때 들킬 확률이 낮아집니다.」

생명력이 소량 회복되었으나 고통은 여전했다. 기껏해야 배의 찢어진 상처가 조금 아물고 출혈이 멎은 정도였다.

강윤수의 이마에 식은땀 한 줄기가 흘렀다.

그는 되뇌었다.

치열하게.

더욱 필사적으로.

아르칸과 산적들은 내려가길 멈추고 산중턱을 도로 올라갔다. 지리를 꿰고 있었기에 거처에 도달하기까지 얼마 걸리지 않았다. 그들이 올라가는 도중에도 산적들의 비명은 연이어 터져 나왔다.

"으아악-!"

"사, 살려줘-!"

그제야 산적들은 뭔가 잘못되었다는 사실을 알아차렸다. 예상보다 거처에서 울리는 산적단의 비명이 너무 많이 들려왔다. 아무리 범죄자라곤 해도 잔뼈 굵은 놈들이다.

그리 호락호락하게 당할 녀석들이 아니었다.

아콘이 입술을 씹으며 말했다.

"젠장, 이거, 제국군이라도 뜬 것 아니오?"

"모르겠다. 얼른 가보는 수밖에."

그들은 한층 서둘러 거처로 돌아갔다. 마침내 산길을 모두

올랐을 때 그들의 거처에는 피비린내가 물씬 풍기고 있었다.

주위로 벼락에 타들어간 시체와 발톱에 내찔린 산적들이 한가득했다. 300명이나 되는 산적단이 몰살당해 있었다.

살아 있는 자는 단 한 명뿐이었다.

피에 젖은 남자가 거처의 중앙에 앉아 있었다. 짧은 흑발에는 핏방울이 선명히 어려 있었고, 표정은 석상처럼 차갑고 메말라 있었다.

산적들은 순간적으로 두려움을 느꼈다.

제아무리 살인에 익숙한 그들일지언정 사람을 죽이고도 저토록 무표정할 순 없었다. 남자는 마치 사람이 아닌 것을 죽이기라도 한 것처럼 아무런 표정의 변화가 없었다.

무엇보다 두려운 건 단 한 사람.

단 한 사람에게 칼십자 산적단이 괴멸당한 것이다.

아콘이 떨리는 목소리로 물었다.

"넌 뭐냐?"

"술."

"뭐?"

강윤수는 아르칸의 허리춤을 가리켰다. 한 모금도 마시지 않은 고급 술병이 매어져 있었다. 그는 메마른 어조로 말했다.

"술 내놔."

아르칸을 비롯한 산적들이 헛웃음을 지었다.

술?

그럴듯한 이유를 댔다면 분노보다 두려움이 앞섰을 것이다.

아콘은 이를 갈더니 검을 빼 들었다.

"고작 술 때문에 우리를 습격했다고?"

강윤수는 대답하지 않았다.

그는 천천히 일어나 산적들의 시체를 뒤졌다. 번뜩이는 검이나 특수한 성능을 지닌 장신구, 마법지팡이. 일반 산적과 달리 이들의 소유품은 놀라울 정도로 훌륭했다. 강윤수는 산적들의 아이템 중 괜찮은 것을 골라 차원배낭에 집어넣었다. 묻는 말에 대답하지 않고 그가 시체만 뒤지자 아콘은 이를 까드득 갈았다.

"죽고 싶어 환장했군. 이 겁 없는 애새끼가."

아콘은 강윤수에게 달려가 그의 등을 향해 검을 휘둘렀다.

그 순간 강윤수가 곧바로 몸을 돌렸다. 재빠른 동작이었다. 그는 순식간에 검집에서 검을 뽑더니 아콘의 목을 내리그었다.

"커헉—!"

목덜미에 옅은 상처가 난 아콘이 당황한 표정을 짓더니 물러나려 했다. 그러나 강윤수의 행동은 거침이 없었다. 갑작스러운 기습에 당황하기는커녕 매서운 칼부림이 아콘의 몸을 쓸어내렸다.

"아아악—!"

아콘은 급소를 몇 군데나 가격당하고 그 자리에서 바로 죽었다. 싸늘한 시체에 눈길조차 주지 않은 채 강윤수는 아르칸을 바라봤다.

무미건조한 목소리였다.

"술 내놔."

"원한다면, 내어주도록 하지. 그러나 그 전에 나를 죽여야 할 것이다."

아르칸은 호승심이 담긴 목소리로 말했다. 칼십자 산적단 두목은 눈부신 검을 빼 들었다. 칼날 주위로는 붉은 기운이 감돌았다.

특수한 성능을 지닌 마법검.

다른 산적들도 마찬가지로 무기를 움켜쥐었다. 강윤수는 무심한 눈길로 그들을 바라봤다. 다른 산적이라면 몰라도 아르칸은 현재로선 만만치 않은 상대였다.

과거 저 산적과 몇 번 조우한 적이 있다. 레벨도 상당할뿐더러 겉으로 가벼워 보이는 장비도 상당한 고급품이었다. 무엇보다 산적 우두머리가 장비한 무기는 마법검이었다. 마법의 효능이 담긴 검은 진귀한 아이템으로써 높은 가치를 지녔을 뿐만 아니라 강력한 무구였다.

반면 강윤수는 겉으로 드러내진 않았으나 현재 몹시 지친 상태였다. 배에 난 상처에서 오는 고통으로 검을 쥔 손이 살며시 떨릴 정도였다.

솔직히 말해 지금은 한 사람을 상대하기도 벅찼다. 그런 사실을 눈치챘는지 아르칸이 강윤수를 보며 조소를 지었다.

"네놈이 꽤 실력이 있는 것 같기는 하다만, 300명이나 되는 녀석들을 학살하고 난 뒤라 체력이 떨어진 모양이군. 보기보다 레벨은 높지 않은 모양이지?"

칼십자 산적단 두목은 강윤수를 향해 한 발 다가왔다.

아르칸의 눈빛에는 분노가 담겨 있었다.

"내 산적단을 이 꼴로 만들어버린 대가는 톡톡히 치러야 할 것이다."

강윤수는 빠르게 전략을 생각했다. 아르칸은 기사가 아니니 레녹스의 경우처럼 제국무상검술을 선보여 교란시키는 전략도 펼칠 수 없다. 산적들의 시체를 언데드로 되살리고 싶었으나 불가능했다.

다중시체부활 스킬은 마나량의 전체를 소모한다. 번개폭풍 지팡이를 사용하며 상당한 마나를 소모했기에 언데드 부활은 불가능했다.

현재 소환계에 적립해 둔 언데드는 52마리의 좀비 흑곰이 전부다. 현재 가지고 있는 언데드를 불러와 전면전을 펼칠까. 아니면 화이트를 소환해 달아날까?

어떤 선택을 할지 가늠하고 있을 때, 어느새 아르칸의 붉은 검이 강윤수의 코앞까지 다가왔다. 가파른 칼날이 매서운 속도로 강윤수의 뺨을 꿰뚫으려던 순간이었다.

챙-!

강윤수의 앞을 비집고 온 장검이 아르칸의 칼날을 비스듬히 쳐냈다. 보통의 검술로는 불가능한, 검의 고수만이 행할 수 있는 동작이었다.

　말 위에 탄 남자는 산적을 사납게 노려봤다.

　"오랜만이군, 아르칸."

　아르칸은 남자를 보더니 눈살을 확 찌푸렸다. 그는 이를 갈며 소리쳤다.

　"레녹스!"

　강윤수는 기사와 산적을 번갈아 보았다.

　레녹스와 아르칸.

　지나온 삶을 토대로, 이 두 사람이 서로 아는 사이란 것을 알고 있었다. 덕분에 그는 상황을 지켜보며 생각할 시간을 가질 수 있었다.

　레녹스는 검을 거두더니 아르칸을 차갑게 노려봤다.

　"견습 시절 키르넬 부인을 겁탈했던 네가 탈옥했을 때는 많은 소문이 오갔지. 설마 이런 곳에서 재회할 줄은 미처 몰랐다, 아르칸."

　"그건 내가 하고 싶은 말이다."

　아르칸은 으르렁거리며 말했다. 그때 연이어 말발굽 소리가 들려왔다. 레녹스를 비롯한 기사단원들이 뒤늦게 말을 타고 비탈길에서 올라왔다. 그들은 멀리서 산적단 거주지에서 들려온 비명을 듣고 이곳으로 온 참이었다.

요란한 말의 움직임에 저 제방 너머 커다란 호수에 파문이 일었다.

"참담하군……!"

"세상에 어떻게 이런 일이!"

주위에 난자당한 시체들을 보며 기사들은 경악했다. 거의 신참이나 다름없는 에릭은 헛구역질까지 했다. 레녹스는 피에 젖은 강윤수를 곁눈질했다.

"이 산적들은 네가 죽였나?"

"어."

"내가 할 말은 아니지만, 대단하군."

"모두 흉악범이야. 범죄 수치는 오르지 않았지."

레녹스는 한숨을 쉬더니 고개를 가로저었고 아르칸에게 말했다.

"이쪽 남자에게는 몇 가지 물어볼 것이 있다. 물러날 것을 권하지."

"네놈의 그 겸양 떠는 말투도 여전하군. 네 기억 속의 나는 네 말을 척하면 듣는 놈이었나?"

두 사람은 서로에게 살기를 내뿜었다.

기사와 산적은 클래스 성향만 따지더라도 천적이나 다름없었다. 기사는 제국이나 가문에 맹세를 바치며 추종 관계를 어기거나 의롭지 못한 행동을 했을 때 상당한 페널티를 입는다.

기사들이 명예와 긍지를 중시하는 이유는 비단 양심상의 이유뿐만이 아니라 전투력과 직결되어 있기 때문이었다.

반면 산적은 범죄를 저지르고, 약탈을 일삼을수록 더 많은 특혜를 받았다. 그러나 기사처럼 안정적인 생활을 할 수 없고, 수사관의 눈을 피해야 한다는 단점도 존재했다.

클래스만 따지더라도 극과 극인 두 사람이 검을 맞대고 마주하니 극한까지 적대감을 느낄 수밖에 없었던 것이다.

레녹스는 아르칸에게 검을 겨누며 말했다.

"쓸데없는 피와 시간을 흘리고 싶지 않다. 일대일 결전으로 승부를 보는 것이 어떠냐?"

고지식한 질문에 산적들은 킬킬 비웃음을 날렸다.

아르칸 역시 조소를 지었다.

산적을 상대로 일대일 승부를 제안하는 것이 레녹스답다면 레녹스다웠다. 그러나 아르칸은 의외로 순순히 고개를 끄덕였다.

"좋다, 나 역시 네놈의 검술을 본 지 오래되었군. 다른 건 몰라도 견습 중에선 네놈의 칼날을 따라갈 녀석이 없었으니."

레녹스는 말에서 내려 칼을 쥔 채 다가왔다. 아르칸도 검을 뽑고 앞으로 나섰다. 기사단과 산적들은 두 사람의 주위로 긴 원형을 형성했다.

오로지 강윤수만은 그들의 싸움을 관전하지 않고 저 너머의 제방을 바라봤다.

승부를 중계하는 심판도, 시합의 시작을 명령하는 주최자도 없었다. 그러나 두 사람의 시선이 교차한 순간, 레녹스와 아르칸은 본능적으로 각자의 검을 쥔 채 달려들었다. 칼날과 칼날이 맞부딪히며 불가루가 튀었다.

챙-!

그저 1합을 나누었을 뿐인데도 미약한 진동이 일어났다. 두 사람은 손이 떨릴 정도로 검을 맞댄 뒤 동시에 뒤로 물러났다. 그저 한 번의 검격을 나누었을 뿐이었지만 그동안 보지 못했던 상대방의 세월을 역력히 느낄 수 있었다.

두 사람은 동시에 스킬을 발동시켰다.

"검에 바람의 가호를."

"선혈검!"

서로 각자의 장기인 검술을 펼치며 상대방을 향해 달려들었다. 레녹스의 현란한 칼날과 아르칸의 폭풍 같은 검격이 서로 맞부딪혔다. 아르칸의 마법검에서는 연이은 폭발이 터져 나왔다. 칼과 칼이 부딪치는 소리가 하나의 진혼곡으로 들렸고, 눈으로 좇아가기조차 버거운 칼솜씨는 신의 재주처럼 느껴졌다.

장대하고 화려한 검무에 흉악한 산적들조차 멍하니 시선을 잃어버렸을 정도였다.

그러나 점차 상황은 레녹스에게 유리하게 돌아갔다. 그리 훌륭한 장비를 하고 있지 않았음에도 기사의 칼날은 산적의 검을 압도해 갔다. 최후의 일격에 아르칸은 뒤로 쓰러졌고, 레녹스는 그의 목에 칼을 겨누었다.

"수련을 게을리했군, 아르칸. 너는 검도, 몸도 무뎌졌다."

"과연 그럴까?"

뒤편에 있던 산적이 민첩히 단검을 집어던졌다. 레녹스는 황급히 칼을 휘둘러 날아온 단검을 쳐냈다. 그사이 아르칸이 재빨리 일어나 레녹스의 복부를 내찔렀다.

기사단장은 서둘러 몸을 비튼 덕에 직격은 피했으나 치명상을 입었다.

"단장님!"

레녹스는 얼굴이 창백해지더니 비틀거리며 뒤로 물러났다. 아르칸은 검에 묻은 피를 핥으며 킬킬댔다.

"비겁한 놈이 최후에는 이기는 법이지."

"맞아."

그 말을 꺼낸 것은 다름 아닌 강윤수였다.

그는 천천히 자리에서 일어났다.

머릿속에 산적들을 척살할 계획이 떠오른 참이었다.

그는 오른팔을 내뻗었다.

"백랑괴수 화이트 소환."

"카르르릉—!"

흰 털의 웨어울프, 화이트가 소환되었다. 다른 사람들이 놀란 표정을 지었지만, 강윤수는 신경 쓰지 않고 화이트의 위에 올라탔다.

강윤수를 태운 화이트는 매서운 속도로 질주했다.

그들은 앞에 서 있던 아르칸에게 거의 부딪힐 듯 가까이까지 다가갔으나 충돌하지 않고 산언덕을 올라갔다.

산적이나 기사들도 감히 대응하지 못했을 만큼 빠른 속도였다. 하기야 도보나 말이 웨어울프의 민첩한 질주를 따라잡을 수나 있겠는가.

"멈춰."

화이트는 굳게 세워진 통나무 둑 위에서 멈춰 섰다.

산적 하나가 놀라 소리쳤다.

"저, 저긴 산맥의 호수를 재워 둔 제방인데!"

산맥의 대용량 호수를 막아둔 제방.

보통은 밑으로부터 올라오는 적의 습격을 막기 위해 세워둔 둑이었다. 굵은 밧줄로 연결된 수십 개의 통나무가 연결되어 있었다.

강윤수는 칼을 휘둘러 제방의 일부를 부쉈다.

퍼걱-!

제방의 균형이 조금 무너지며 물 한줄기가 새어 나오기 시작했다. 산적들뿐만 아니라 기사들까지 당황한 표정을 지었다. 경악한 아르칸은 잔뜩 붉어진 얼굴로 소리쳤다.

"뭐, 뭐하는 거냐! 저 제방이 무너지면 커다란 산사태가 일어난다고!"

"알아."

강윤수는 다시 한번 검을 세차게 휘둘렀다. 그저 검격 한 번에 불과했으나 제방의 균형은 매섭게 뒤틀려졌다.

물이 점점 더 크게 새어 나오기 시작했다.

이쯤 되니 다들 제정신이 아니었다.

"젠장! 제방을 지키고 있던 녀석들은 다 뭐 하고 있는 거야?"

"다 저놈한테 죽었잖아!"

"도망쳐! 살고 싶으면 어서 도망쳐!"

"단장님을 모셔라! 당장 여길 벗어난다!"

기사들은 서둘러 말에 탑승해 그 자리에서 빠르게 벗어났다. 그러나 산적들은 안타깝게도 도주할 말이 없었다. 그들은 전력을 다해 달릴지라도 물의 흐름에서 크게 벗어나지 못했다. 댐이 무너지기 시작했고 방류하는 물줄기는 점점 거세졌다.

"카르르릉―!"

화이트가 크게 뛰어올랐다. 강윤수는 댐의 중앙에 검을 세게 틀어박았다. 정렬되어 있던 통나무 기둥이 모조리 부서지며 폭포수와도 같은 물이 힘차게 흘러나왔다.

거센 수압을 지닌 물은 닿는 것을 죄다 쓸어버렸다.

산적이라고 해서 예외는 아니었다.

"으, 으악―! 사, 살려……!"

산적들은 비명 소리조차 내뱉지 못하고 물에 휩쓸렸다. 가장 멀리 도망쳤던 아르칸의 발치에도 파도처럼 거대한 물의 방류가 쏟아졌다. 안전지대로 피한 강윤수를 죽일 듯이 노려보던 아르칸은 한 가지 사실을 눈치챘다.

어느새, 자신의 허리춤에 매여 있던 고급술이 사라져 있었다. 그러나 그 사실을 알아차렸을 때는 아르칸조차 산사태에 말려들어 버린 뒤였다.

본래의 용도대로라면, 본거지 아래만을 휩쓸도록 급류에 조치를 취했을 것이다. 그러나 강윤수는 곧바로 제방을 부쉈다. 흉포한 산사태의 급류는 거주지의 모든 것을 쓸어버렸다.

강윤수는 화이트 위에 앉아 그 광경을 담담히 지켜보았다. 단말기에 새로운 문구가 떠올랐다.

「하타르 산맥에서 대형 산사태를 일으켰습니다.
사망자가 흉악범들밖에 없기에 범죄 수치가 오르지 않습니다.
수많은 범죄자를 휩쓴 오늘의 재앙을 훗날 역사가들은 재평가할 것입니다.」

산길 전체가 범람한 호수로 봉쇄되어버렸다. 이것으로 기사단은 자신들을 추격할 수 없게 되었고, 산적단은 괴멸했다.

강윤수는 술병의 마개를 땄다.

그는 산맥을 무참히 휩쓰는 산사태를 안주 삼아 술을 들이켰다.

8장
수도 데페론

강윤수는 단말기의 중간 버튼을 눌렀다.

그러자 자신의 상태가 떠올랐다.

강윤수

레벨 : 137

[근력]-72

[맷집]-1

[시력]-1

[신경]-1

[회생]-20

잔여 포인트-47

300명이 넘는 산적을 학살한 결과, 90에 불과했던 레벨이 47이나 올라 있었다. 그야말로 폭풍 같은 레벨업.

그러나 고속 성장도 지금에나 통용됐다. 레벨 200 이후에는 급격히 레벨 올리기가 힘들어지고, 획득하는 경험치량도 강력한 몬스터를 퇴치하지 않는 이상 적다.

'일단은 스텟 분배부터 해야겠군.'

강윤수는 잔여 포인트를 어떤 능력치에 추가할지 잠시 고민했다. 지금까지는 근력과 회생만을 올렸기에 다른 능력치는 몹시 빈약했다.

정해진 루트를 밟는다면 다른 능력치는 올리지 않을 생각이었다. 어차피 위험한 길을 알아서 피해갈 수 있으니까.

그러나 이번은 마지막 삶. 강윤수는 자신으로서도 목숨을 부지하기 힘들 만큼 어려운 길을 밟아갈 생각이었다.

무력이 강하고 강력한 언데드를 되살릴 수 있을지라도, 빈약한 맷집을 가지고선 앞으로 진행해 나가기 힘들 것이다. 강윤수는 근력, 맷집, 회생에 골고루 포인트를 분배했다.

'레벨만 중요한 것이 아니다. 각종 비기와 강력한 무구, 진귀한 보물을 모조리 내 손에 넣어야 해.'

"카르르릉!"

화이트가 다가와 강윤수의 피 묻은 뺨을 핥았다. 누군가 본다면 애견의 애정 표현 정도로 여기겠지만, 웨어울프들에게 피 묻은 뺨을 핥는 행동은 상대방에게 충성을 표하는 것이었다.

수많은 적을 죽이고 피로 젖은 강윤수는 화이트의 눈에 영광스러운 전사로 비춰졌다.

화이트는 웨어울프의 언어로 말했다.

"라쿠로닌. 오칸."

강윤수는 그 의미를 이해했다.

'존경한다. 인간.'

그것은 아이러니했다. 인간을 죽이고서 웨어울프에게서 존경을 받다니. 강윤수는 무심히 화이트를 소환계로 돌려보내려다가 동작을 멈추었다.

이번이 마지막이었다.

잠시 생각하던 그는 행동을 바꾸기로 했다.

강윤수는 배낭에서 조그만 나무잔을 꺼냈다.

"받아."

"이키로니드?"

웨어울프는 얼결에 술잔을 받아들였다. 사족 보행이 익숙한 화이트에게 술잔을 받는 것은 다소 어색한 행위였다. 강윤수는 고급술을 남김없이 따라주었다.

"마셔."

강윤수는 화이트와 술을 나누어 마셨다.

화이트는 술잔에 커다란 혀를 박더니 얼굴을 찌푸렸다.

"카루그라딘?"

"술은 원래 그래."

강윤수는 가볍게 말했다.

"오늘 밤 고마웠다."

화이트는 온몸의 털을 곤두세웠다.

강윤수는 화이트를 소환계로 돌려보냈다.

그는 산사태로 흘러넘친 흙탕물을 따라 비탈진 산길을 내려갔다. 산적들의 시체가 둥둥 물 위로 떠 있고 핏줄기도 섞여든 서늘한 강이었다.

강윤수는 양손으로 받쳐 물을 조금 떠 몸에 묻은 피를 씻었다. 그때 저 너머로 익숙한 시체가 보였다.

아르칸의 시신이었다.

시신은 거친 수압을 이겨내지 못하고 다소 흉측한 몰골로 저 아래로 떠내려가고 있었다. 산사태는 어느 정도 끝나 물길이 잠잠했다.

강윤수는 흙탕물 속으로 뛰어들었다.

힘껏 헤엄친 뒤에야 아르칸의 시체를 건져낼 수 있었다. 강한 수압에 휩쓸려 갑옷은 내구력이 엉망으로 손상되었지만, 다른 아이템들은 비교적 괜찮았다.

「피의 학살검」

등급-희귀

절삭력: 74

악독한 마법이 부여된 붉은 검. 미치광이 뱀파이어가 자신의 피를 흩뿌려 검신을 달구었다고 한다. 신체를 꿰뚫은 검신은 거머리처럼 생명력을 빨아먹는다.

*상처를 입혔을 때 검신이 피를 빨아들인다.

*검신이 생물의 피를 머금을 때마다 공격력이 증가한다.

「약탈한 루비반지」

등급-일반

어느 귀족 영애의 반지. 탐스러운 루비가 달려 있다. 반지 귀퉁이에 오카닉 가문의 문장이 새겨져 있다.

「산적 두목의 허리띠」

등급-일반

칼십자 산적단 두목 아르칸의 허리띠. 6개의 슬롯이 있어 다양한 물품을 넣고 다닐 수 있다.

*마을이나 상단을 습격할 때 성공적인 약탈 가능성을 높여준다.

강윤수는 아르칸의 아이템을 착용했다. 유일하게 착용하지 않은 것은 피의 학살검이었다. 피의 학살검은 훌륭한 마법검이다. 그러나 라비안의 장검 역시 괜찮은 성능의 아이템이다. 강윤수는 나중을 위해 습득한 피의 학살검을 배낭에 넣었다.

산사태로 손상된 갑옷도 벗겨냈다. 튼튼한 가죽으로 만들어진 경갑이었는데, 나중에 공방에서 수리하거나 녹여낼 수 있을 것이다.

다른 도적들의 아이템도 있었지만, 우선적으로 성능이 좋은 것만을 착용하고 나머지는 배낭에 보관했다.

강윤수는 산길을 내려갔다.

하늘을 휘감은 먹구름이 개고 맑은 햇살이 산맥을 비추었다.

"흐아아암."

샤네트는 누운 자리에서 일어나 기지개를 켰다. 새벽녘에 일어난 산사태가 어찌나 시끄러웠는지 그녀는 제대로 잠을 청하지 못했다.

반면 샤네트와 달리, 아이리스는 샐리를 부둥켜안은 채 편히 잠들어 있었다. 샐리는 무척 싫은 것처럼 얼굴을 찡그리고 있었다. 그러나 아이리스는 곰 인형을 베고 자는 아기처럼 샐리를 껴안은 채 미소를 짓고 있었다.

상황을 이해하지 못한 샤네트는 싱긋 웃었다.

"어느새 둘이 많이 친해졌구나."

아이리스를 만난 지는 얼마 되지 않았다. 도플갱어란 것을 알았음에도 이상하게도 아이리스한테는 적개심이 들지 않았다.

딱히 그녀와 다니는 것에 불만은 없었다.

오히려 아기처럼 순수하고 세상물정에 희박한 그녀에게서 묘한 호감을 느끼기도 했다.

'……그래도 아이리스가 그 남자와 같이 있는 것을 보면 별로 기분이 좋진 않아.'

그런 자신의 생각에 샤네트는 제법 놀랐다.

그녀는 폐가 밖으로 걸어갔다.

한 중년이 흙바닥에 몸을 뒹굴다시피 잠들어 있었다.

"드르렁!"

그녀는 잠이 든 헨릭을 가볍게 뛰어넘었다. 폐가 밖으로 나오자 험악한 장관이 그녀의 눈에 들어왔다.

'조금만 가까웠어도 이 산장까지 떠내려갔을지 몰라.'

저 너머의 산이 산사태로 함몰되어 있었다.

거리가 멀었기에 그들이 숙식한 폐가는 괜찮았지만, 등골이 서늘해지는 광경이었다. 만일 저 근처에서 노숙을 하기라도 했다면 흘러내리는 급류에 휘말려 버렸을 것이다.

하지만 그보다 큰 충격은 따로 있었다.

"……그런데 왜 강윤수 님이 거기서 내려오세요?"

강윤수는 산사태에 휩쓸린 잔해를 척척 밟으며 폐가 앞으로 내려왔다. 하지만 그답게 대답은 하지 않았다.

샤네트는 그의 복장이 바뀐 것을 깨달았다.

거기다 그의 움직임이 평소보다 묘하게 둔했다. 샤네트가 걱정스러운 어조로 물었다.

"강윤수 님, 다치셨어요?"

샤네트는 의외로 예리했다. 강윤수는 대답하지 않으려 했다. 그러나 문득 그는 발걸음을 멈추었다.

'맞아, 이번이 마지막이었지.'

강윤수는 고개를 돌려 샤네트에게 말했다.

"넘어졌어."

"거짓말이죠?"

"……어."

샤네트는 한숨을 쉬더니 자신의 배낭을 가져왔다.

그녀는 배낭의 안에서 치유포션이 담긴 유리병을 꺼내 들었다.

"나중에 또 필요할 것 같아서 몇 병 남겨놨어요. 상처 좀 보여주세요."

"혼자 할 수 있어."

"자꾸 그러실래요?"

하는 수 없이 강윤수는 상의를 벗었다. 복부에는 관통상이 남아 있었다. 출혈은 멎어 있었으나 선홍빛 근육이 드러날 만큼 위험한 부상이었다.

샤네트는 강윤수의 상처를 보더니 입술을 꼭 깨물었다.

"어디서 이렇게 다치셨어요?"

평소 같으면 대답하지 않았을 것이다.

그러나 신기하게도 그의 입에서 대답이 흘러나왔다.

"산적단이랑 싸웠어."

"혼자서요?"

"어."

샤네트의 표정이 일순간 차가워졌다. 그녀는 잠시 침묵했다. 강윤수도 말을 꺼내지 않았다.

약간의 침묵이 흘렀고, 주변에는 물 흐르는 소리만이 들렸다.

이윽고 샤네트가 입을 열었다.

"왜 혼자 가셨어요?"

강윤수는 대답할 수 없었다.

그가 침묵하자 샤네트는 약간 높아진 언성으로 말했다.

"왜 저에게 설명해 주지 않으세요?"

샤네트는 화가 난 표정이었다.

"저도 도울 수 있어요. 강윤수 님이 혼자 무겁게 짐을 짊어지실 필요 없어요. 같이 여행을 하고 있잖아요. 저도 힘의 조각을 물려받았어요. 아무리 위험한 일이라도 좋아요. 함께할 수 있잖아요."

그녀의 목소리가 점차 커졌다. 마치 이때까지 쌓였던 감정이 터지기라도 한 듯이. 그녀의 목소리에는 아주 약간의 울분이 뒤섞여 있었다.

"강윤수 님은 인형이 아니잖아요. 웃을 때는 함께 웃고, 울때는 함께 울어주세요. 힘들 때도 같이 힘들어요. 일행이잖아요. 함께 여행하고 있잖아요. 힘들면 도와달라고 하세요. 저는 무엇이든 강윤수 님을 있는 힘껏 도울 거예요. 혼자 희생하실 이유는 전혀 없어요."

샤네트의 눈동자에 눈물이 고였다. 강윤수는 그런 그녀를 바라봤다. 그리고 그 눈동자에 비친 자신이 보였다.

인형처럼 무심한 자신.

과연 사람이라고 할 수나 있을까.

강윤수는 천천히 입술을 움직였다.

"무서워."

그는 자신이 무슨 말을 하고 있는지 몰랐다. 가슴 속의 응어리진 것을 끌어내 보는 것이 얼마 만이었더라.

"네가 죽을까 봐 무서워."

이번이 마지막이었다.

만일 이번에도 실패한다면. 일행과도, 무엇보다 샤네트와다시는 만날 수 없을 테니까.

그것이…… 너무 싫었다.

"죽지 않을 거예요."

샤네트는 단호히 말했다. 눈물 어린 눈동자의 그녀는 치유 포션에 손가락을 담았다. 그 손가락으로 강윤수의 상처를 어루만졌다.

"저는 죽지 않을 거예요. 그러니 강윤수 님도 죽지 마세요."

쓰라린 상처가 말끔하게 아물기 시작했다. 고통이 멎어갔다.

강윤수는 샤네트를 바라봤다. 그의 찬 입술에 따스한 온기가 스쳤다.

불을 다루는 여자는 누구보다 차가운 남자의 입술을 훔쳤다. 눈을 꼭 감은 그녀가 살짝 고개를 떨었다. 입술 끝으로 떨림이 전해져 왔고, 강윤수는 그녀의 뒷머리를 부드럽게 감쌌다.

샤네트가 흠칫 눈꺼풀을 올렸다.

강윤수는 그녀의 눈동자에 비친 자신을 보았다. 그토록 자신이 바라왔던 삶을 찾을 수 있을까?

일천 번째 삶에서는.

언제까지고 마냥 무심히 있을 순 없었다.

이번이 마지막이었으니까.

"하룻밤 사이에 별일이 다 있었군. 어쨌든 산맥이 이 모양이니 기사단 놈들은 더 이상 쫓아오지 못하겠구먼."

뒤늦게 일어난 헨릭이 산사태로 깎아내려진 산길을 바라봤다. 그는 새빨간 얼굴의 샤네트를 보더니 눈썹을 올렸다.

"뭔 일 있었냐? 얼굴이 왜 그리 빨개."

샤네트는 재빨리 고개를 돌렸다. 그 모습에 황홀한 금발의 미녀는 옅은 웃음을 지으며 사슴벌레의 날개를 간질였다.

"챙겨야 할 사람이 한 명 또 늘었네요."

"얼씨구. 어째 나까지 챙겼던 것처럼 말한다?"

"그럼 술 좀 그만 드세요."

샤네트는 아이리스의 뒤편으로 다가갔다.

아이리스가 의아한 표정을 짓자 샤네트는 싱긋 웃었다.

"머리 묶어드릴게요."

아이리스는 외모 자체도 아름다웠으나 찬란한 금발은 너무 눈에 띄었다. 더군다나 그녀는 황녀의 도플갱어였다. 함부로 남의 눈에 띄어서 좋을 것은 없었다. 샤네트는 옅은 색의 천으로 황홀한 금발을 감쌌다. 나무 뒤편으로 가 옷차림도 다소 깔끔한 것으로 갈아입혔다.

그러자 아이리스는 다부진 시골 처녀처럼 자연스러운 인상이 되었다. 물론 두건을 둘러매고 옷을 갈아입혔을지라도 태생적인 아름다움은 어쩔 수 없었다.

"고맙구나."

아이리스는 고개를 들어 샤네트의 볼에 분홍빛 입술을 맞쳤다. 샤네트가 화들짝 놀라며 당황하자 그녀는 고개를 갸웃거렸다.

"샐리란 아이는 이렇게 인사를 하더구나."

헨릭은 황당한 표정을 지었다.

"이거야 원. 부모 따라 배우는 딸내미도 아니고. 앞으로는 행동 하나하나도 신경 써야겠구만."

샤네트는 아이리스의 손을 붙잡고 단호히 말했다.

"볼에 입술을 맞추는 인사는 정말 절친한 사이가 아니면 하지 않아요. 아, 그리고 특히 강윤수 님한테는 이런 인사하지 마세요. 아시겠죠?"

"흐음, 어렵구나."

아이리스는 고심하는 표정을 지었다. 가볍게 찡그린 속눈썹마저 화가가 그려낸 곡선처럼 아름답기 짝이 없었다.

"가자."

앞장선 강윤수가 배낭을 들며 말했다. 그들은 산맥의 능선을 따라 내려갔다.

마침내 길고 긴 산맥이 끝나가는 곳에 도달했다. 울창한 나무들이 걷혔다. 잘 정돈된 길을 따라 산맥을 내려오자 저 멀리 커다란 도시가 보였다. 이제까지와는 비교도 할 수 없을 정도로 거대한 도시였다. 기다란 첨탑과 다양한 건물이 가득했다.

레오르칸 제국의 수도 데페론.

대륙에서 가장 거대한 도시였다. 드높은 성벽 주위로 광활한 제국의 심장부가 눈에 들어왔다.

샤네트는 도시의 위용에 놀란 눈을 해보였다.

"정말 멋진 곳이에요! 생각보다 훨씬 일찍 도착했네요?"

"하기야 누가 우리처럼 무식하게 산맥을 가로질러 오겠냐?"

샤네트는 헨릭을 바라봤다.

"어찌 됐든 이제 수도에 왔으니 가문의 유산을 저희에게 주셔야겠네요?"

"그렇지."

"계속 궁금했는데, 그 유산이 뭔가요?"

"내가 설명하는 것보다 직접 보는 편이 이해가 빨라."

헨릭은 영 석연찮은 표정으로 말했다.

아이리스는 수도를 보며 특유의 호기심 가득한 표정을 지었다.

"저곳에 나와 같은 자가 있단 말이구나."

아이리스는 황녀의 도플갱어였다. 차림새를 바꾸었다곤 하나 수도에서는 알아보는 사람이 있을 수 있다.

헨릭은 배낭에서 염료를 주섬주섬 꺼냈다.

"차림새 바꾼 것은 그럭저럭 괜찮은데, 아무래도 그 머리칼은 바꿔야 할 것 같다."

아이리스의 머리칼은 너무 눈에 띄었다. 찬란한 황금색 머리카락은 황족들이 지닌 경우가 대부분이었다. 두건을 벗거나 목 위로 삐져나온 머리칼 탓에 정체가 들킬 염려도 있었다.

아이리스는 울상을 지었다.

"꼭 해야만 하느냐?"

"잘못하면 우리까지 죽을 수도 있어, 인마."

헨릭은 능숙한 손놀림으로 아이리스의 머리칼을 갈색으로 물들였다. 그러자 적갈색 머리칼인 샤네트와 상당히 흡사한 모양새가 되었다. 멀리서 보면 자매라고 착각할 정도였다.

내친김에 샤네트는 손가락을 딱 튕겼다.

"그럼 제 언니라고 하시면 되겠네요. 머리카락 색이 비슷해서 누가 봐도 착각할 거예요."

"내 동생이 되겠다고?"

아이리스는 눈을 크게 떴다.

"나는 가족이 없단다. 지금껏 그런 것은 가져본 적이 없어."

"저도 마찬가지예요."

샤네트는 희미하게 웃었다. 그녀 역시 어릴 적 화재로 가족을 잃고 화상을 입은 쓰라린 경험이 있었다.

강윤수는 수도를 바라봤다.

그는 원래 데페론에서 세 가지 볼일이 있었다.

얼음과 영혼의 유적 레이드, 백사자 클랜과의 접촉, 새로운 정령 창조.

전설 의뢰 수행을 위해 필요한 얼음과 영혼의 유적은 수도 북서쪽에 위치했다. 본래는 백사자 클랜과 접촉을 해 손쉽게 유적을 레이드할 생각이었다.

그러나 강윤수는 계획을 바꾸었다. 지금은 무리를 해서라도 고속 성장을 할 필요가 있다. 백사자 클랜의 도움을 받으면 손쉽게 유적을 정복할 수 있겠지만, 그만큼 성장할 기회는 줄고 만다. 경험치와 아이템을 독점하기 위해선 지금까지와는 다른 방법을 생각해야만 했다.

그뿐만이 아니었다.

강윤수는 아이리스를 흘깃 바라봤다.

"흰 그림자는?"

"줄곧 침묵하고만 있단다."

도플갱어 속에 있는 흰 그림자. 자신이 더 이상 회귀할 수 없단 사실을 언급한 존재. 그 존재에 대한 의문을 풀기 위해 아이리스의 제작자를 찾아갈 생각이었다. 다행히도, 강윤수는 이전의 삶에서 아이리스를 만들어낸 작자가 누구인지 기억하고 있다.

'뤼미에르 키잔, 키메라 디멘션 참사에 일조한 황실연금술사.'

아이리스 속에 뒤섞인 '흰 그림자'의 정체를 알기 위해선 그 연금술사를 찾아가야만 했다. 지금껏 삶을 반복하며 존재하지 않던 이변을 일으킨 존재였다. 현재 가장 중요한 열쇠를 쥐고 있는 인물은 그자일지도 몰랐다.

'그 연금술사는 황궁에 있었지. 그럼 황실에 침입하는 김에 '그 인물'도 처리해야겠군.'

일행은 수도 데페론 내부로 들어섰다. 수도 출신인 헨릭이 앞장서 그들을 안내했다. 어느새 하늘이 석양으로 붉게 물들어 있었다.

샤네트는 피곤하다는 듯 말했다.

"헨릭 아저씨의 유산을 물려받는 건 내일로 미루면 안 될까요? 산맥을 지나오느라 오늘은 많이 지쳤어요."

"흐음. 그러냐? 뭐, 나야 상관은 없다만."

모두가 강윤수를 바라봤다.

그가 고개를 끄덕였다.

"오늘은 쉬자."

네 사람은 거리의 작은 여관으로 갔다. 그들은 값을 지불하고 방을 잡았다. 거친 산길을 지나오느라 다들 몰골이 비루했다. 강윤수와 헨릭이 먼저 씻었고, 샤네트와 아이리스는 두 명이 같이 욕실에 들어갔다.

욕실 밖으로 두 미녀의 대화가 잔잔히 들려왔다.

"이이리스 언니, 그거 비누예요! 함부로 먹으면 안 된다구요!"

……뭐, 그렇게 평화로운 것만은 아닌 모양이었지만.

헨릭은 물에 젖은 머리칼을 대충 털어내고 1층 홀로 내려갔다. 강윤수는 편하지도, 불편하지도 않은 자세로 무표정하게 앉아 있었다.

헨릭은 픽 웃더니 그의 맞은편에 앉았다.

"내일이면 너희와 다니는 것도 끝이군."

"그렇겠지."

그때 여급이 흑맥주를 한가득 쟁반에 담아 가져왔다. 커다란 맥주잔을 한 손으로 들고 강윤수는 무심히 술을 목 너머로 넘겼다.

헨릭도 잔 하나를 들고 맥주를 벌컥벌컥 삼켰다.

"크으."

헨릭은 입에 묻은 맥주 거품을 닦으며 잔을 내려놓았다. 그는 거품이 수북한 맥주잔을 톡톡 두드리며 말했다.

"내가 왜 술을 좋아하는지 아냐?"

"아픈 기억을 잊을 수 있어서."

"어쭈? 알고 있네."

헨릭은 맥주 한 잔을 마저 비우고 다음 잔을 손에 쥐었다.

"술은 참 괜찮은 놈이야. 맛은 쓴 주제에 아픈 기억은 잊게 해주지. 머리가 아픈지, 뭘 해서든지. 씁쓸함을 머릿속에서 혀로 옮겨 준다, 이 말씀이야."

"나도."

"뭐?"

강윤수는 다시 맥주 한 잔을 손에 쥐었다.

"그래서 나도 술을 좋아하지."

"흐음. 항상 느끼지만, 너랑은 잘 안 통할 것 같으면서 은근히 죽이 잘 맞는단 말이야."

헨릭은 킬킬대며 술잔을 내밀었다.

강윤수도 술잔을 든 손을 내뻗었다. 두 술잔이 부딪쳤고, 거품 많은 맥주가 파도처럼 요동쳤다.

비워버린 술잔이 늘어나고, 맥주를 나르던 여급의 종아리 통증은 심해져만 갔다. 어느 정도 취기가 오르자 헨릭의 얼굴이 붉어졌다. 그가 몽롱하게 취해 갔을 때 강윤수는 헨릭을 지그시 바라봤다.

헨릭 엘리커슨.

이전 삶을 돌이켜 봤을 때 헨릭은 좋은 사람이었다. 그의 밑에서 진지하게 인형술을 배우기도 했고, 밤새도록 흥겨운 술판을 벌인 적도 있다. 능청스럽고 털털한 그의 성격은 강윤수에게 많은 도움을 주었다.

한때 헨릭과 의형제를 맺기까지 했다.

헨릭은 좋은 형이었다. 최후에는 자신을 대신해 죽을 정도로.

그렇게 헨릭이 죽은 이후로 강윤수는 어떤 삶에서도 헨릭과 다시는 의형제를 맺지 않았다.

강윤수는 헨릭과 정을 맺는 것이 두려웠다. 그 결말이 언제나 비참함을 알고 있기에.

'하지만 이제는……'

샤네트뿐만이 아니었다. 헨릭과 만나는 것도 이번이 마지막일지 몰랐다. 어느새, 강윤수는 나지막이 말하고 있었다.

"같이 다녀."

"뭐라고?"

헨릭이 멀뚱멀뚱한 눈빛으로 물었다.

강윤수는 스스로 말하고도 제법 놀랐다. 자신이 이런 말을 직접 꺼내게 된 것이 얼마 만인지 몰랐다. 그러나 나쁘지 않은 기분이었다.

강윤수는 다시금 제안했다.

"같이 다니자고. 이후로도."

취기 탓에 얼굴이 붉어진 헨릭은 의미심장한 표정을 지었다. 흘깃 웃는 것 같기도 했다.

"설마 너한테서 그런 말을 들을 줄은 몰랐는데."

"동행 제의는 원하는 쪽에서 하는 거니까."

"네가 말 안 했어도, 내가 먼저 말을 꺼냈을 거다."

헨릭은 킬킬 웃고 말았다.

"널 처음 만났을 때는 뭐 이렇게 황당한 놈이 다 있나 했다. 같이 붙어 다닌 뒤로는 별 이상한 일을 다 겪었고. 하지만 그래도 말이야. 재밌더라고."

헨릭의 입은 웃고 있었으나 눈빛은 진지했다.

"이 나이 먹어서 간만에 사는 재미를 느꼈지. 너랑 붙어 다니면서 말이야. 거기다 전설 의뢰까지 수행하고 있지 않나? 비루한 인생 중반에 그 정도 사건은 있어 줘야 제대로 된 예술인이 될 것 같단 말이지."

헨릭은 손가락으로 강윤수의 이마를 툭 쳤다. 형이 동생에게 그러듯 장난스러운 동작이었다.

그러나 강윤수의 눈동자는 미약하게 흔들렸다. 너무도 짧고 파르르한 움직임이라 취한 헨릭은 눈치채지 못했다.

헨릭은 픽 웃으며 술잔을 내밀었다.

"오늘 네가 처음으로 인간처럼 보인다, 인마."

"……고맙군."

강윤수는 약간 느리게 말하더니 술잔을 마주 내밀었다. 두 남자의 술잔이 가볍게 부딪쳤다.

그때 계단 쪽에서 듣기 좋은 목소리가 들려왔다.

"강윤수."

무슨 일인가 싶어 취객들과 여급들의 시선이 그쪽으로 돌아갔다. 화려한 미녀가 맨몸에 수건 한 장만을 걸친 채 계단을 유유히 내려오고 있었다. 여인의 풍만한 가슴과 잘빠진 허벅지는 사내들의 시선을 못 박히게 했다. 아이리스는 천천히 내려와 넋을 잃고 자신을 보는 사람들을 둘러봤다.

반면 헨릭은 무척 당황한 듯 눈동자를 몇 번 깜빡였다.

"이거, 내가 너무 취했나? 뭔가 절대로 봐선 안 될 것을 본 것만 같은데."

아이리스는 부드럽게 물었다.

"내 방은 어디 있느냐?"

"저쪽."

강윤수는 무심히 계단 저편을 가리켰다. 젖은 머리칼의 샤네트가 황급히 뛰쳐나온 것은 그때였다.

그녀는 가벼운 가운 차림이었다.

"아이리스 언니! 그쪽은 1층 홀이라고 말씀드렸잖아요!"

"아아, 그랬구나."

아이리스는 선선히 고개를 끄덕이곤 태연히 계단 위로 올라갔다. 헨릭은 황당하고 어이없다는 표정을 짓다가 마침내 너털웃음을 터뜨렸다.

"그래, 혼자 다니면 이 재미를 못 느끼지. 그렇지 않냐?"

"그렇지."

강윤수는 술잔에 남은 술을 마저 삼켰다.

오늘은 유독 술맛이 좋았다.

아침이 되었고, 네 사람은 여관에서 나왔다.

헨릭은 앞장서 길을 안내했다. 그들은 오랜 시간 걸었고 마침내 도착한 곳은 공동묘지 앞이었다.

샤네트가 주위를 돌아보더니 어이없다는 표정을 지었다.

"이런 곳에 가문의 가보를 두셨단 말이에요?"

"왜, 언데드만 들끓는 성보다는 낫지 않냐?"

헨릭은 짧게 자란 턱수염을 만지작거리더니 어느 묘지 앞으로 걸어갔다. 낡고 보잘것없는 묘지였다. 그 흔한 묘비명조차 쓰여 있지 않았다. 헨릭은 묘지의 앞부분을 양손으로 주섬주섬 파냈다. 그러다가 문득 그는 고개를 돌려 아이리스를 봤다.

"생각해 보니 네가 나보다 힘이 더 좋지 않냐?"

"흐음. 그렇구나."

아이리스는 묘비의 귀퉁이를 오른손으로 잡았다. 그녀는 한 손으로 가볍게 묘비를 들어 올렸다. 상당한 괴력이었고, 헨릭은 황당한 표정을 지었다.

"황녀 전하 모습을 한 녀석이 저러니 도무지 적응을 못 하겠군."

묘비의 아래로 낡은 나무 상자가 보였다. 헨릭은 그것을 꺼내 열어 보였다. 낡은 세공 도구 몇 개와 살색 가죽 조각 몇 점, 그리고 용도를 알 수 없는 희한하고 복잡한 모양새의 물품이었다. 언뜻 보면 낡아 보였으나 의료용 도구와 생김새가 비슷했다.

샤네트가 불안한 표정을 지었다.

"설마 이게 가문의 가보는 아니시겠죠?"

"어라, 어떻게 알았나?"

"……."

샤네트는 약간 허무해졌다.

많은 것을 기대한 것은 아니었지만, 의뢰를 해결해 얻은 보상이 이토록 낡고 보잘것없는 물품이라니. 평범한 사람이라도 해온 노력이 있으니 실망감을 느낄 법도 했다.

헨릭이 혀를 쯧쯧 찼다.

"인마, 표정에서 속내가 다 보인다. 쓰는 법을 보여줘야겠군."

헨릭은 중얼거리더니 의료용 도구처럼 보이는 물품을 쥐었다. 작고 예리한 송곳처럼 보이는 그것을 그는 왼쪽 손목에 대고 약하게 내리그었다. 그리 강하지도 않은 손길이었다. 그러나 헨릭의 왼손은 힘없이 끊어졌다.

툭.

잘린 왼손은 바닥에 떨어졌다. 손목부터 깨끗이 절단되어 버린 것이다.

"……!"

샤네트는 너무 놀라 입을 떡 벌리곤 아무 말도 하지 못했다.

강윤수는 여전히 무표정했다.

아이리스는 왼손을 내려다보며 말했다.

"먹어도 되겠느냐?"

"우리 아가씨가 미식가인 건 알겠는데, 이런 불량 식품을 권하기에는 내 마음 씀씀이가 너무 고와서."

헨릭은 아무렇지도 않게 자신의 왼손을 주워들었다. 그는 의료용 도구를 가리키며 말했다.

"이게 내 가문의 가보다. 인형 부위를 신체에 접합해 사용할 수 있지."

그러자 단말기에 문구가 떠올랐다.

「소유자가 가보의 사용법을 가르쳐 주었습니다.
새로운 정보를 확인할 수 있습니다.」

낡고 예리할 뿐이었던 도구들에 새로운 설명이 떠올라 있었다.

「인체세공도구」

엘리커슨 가문의 가보. 인형을 신체에 접합할 수 있는 마법 도구다. 어느 미치광이 인형사는 수많은 아이의 시체를 인형으로 바꾸었다고 한다. 뛰어난 세공 실력이 없다면, 신체를 인형으로 바꾸는 것은 몹시 위험한 행위다.

*다른 이의 신체를 접합할 경우, 부패되지 않고 보존 상태가 양호해야 한다.

*어설프게 접합을 시도했다간 신경이 영원히 끊어진다.

"이, 이게 대체 어떻게 된 일이에요?"

잘린 왼손을 휘적대는 헨릭을 보며 샤네트가 경악했다.

헨릭은 멋쩍은지 오른손으로 뺨을 긁적였다.

"난 감성 파는 짓 싫어하니 짧게 요약하마. 왼손부터 시작해 온몸이 굳어지는 불치병에 걸린 황실 세공사 놈이 은퇴하고 거리를 방황하다가 가보의 존재를 알게 되었다. 그래서 왼손을 잘라 인형의 것으로 바꿔버렸다. 그리고 인형사의 금기를 행했다는 죄책감에 황실 세공사 자리에서도 물러나고 일평생을 술에 찌들어 살기로 했다."

여전히 놀라 입을 다물지 못하는 샤네트와 달리 강윤수는 담담히 인체세공도구를 배낭에 챙겨 넣었다.

헨릭은 그런 그를 보며 주의하라는 듯 말했다.

"그거, 일단은 약속이니 주긴 하지만 잘 생각해라. 사라진 몸뚱이를 인형이나 시체 부위로 메우는 게 썩 유쾌하진 않은 일이거든. 실패할 확률도 높고 말이야."

"알아."

강윤수는 묘지를 벗어나는 길로 발을 돌렸다.

현재 해야 할 일은 두 가지였다.

전설 의뢰 수행을 위해 얼음과 영혼의 유적을 레이드, 아이리스를 만든 연금술사를 찾아가 회귀를 눈치챈 흰 그림자에 관해 파악하는 것.

어느 것을 먼저 해야 할까?

강윤수는 곧 결단을 내렸다.

9장
혈무 클랜

혈무(血武) 클랜.

진한 혈투를 주력으로 삼는 집단이었다. 1,000명 이상의 인원으로 이뤄진 그들이었지만, 드넓은 수도에선 중규모 클랜에 속했다.

혈무 클랜에 가입하기 위한 조건은 간단했다.

검이든, 활이든, 마법이든 성장하고 싶다는 요구가 강렬할 것. 전투에 대한 의욕이 철저하단 것이 입증되면 누구라도 혈무 클랜에 소속될 수 있었다.

"최근 북동쪽 습지에서 아힌쿨들이 기승을 부리고 있소. 동물의 지방만을 섭취해 체내에 휘발성 기름을 머금고 사는 짐승형 몬스터들이지. 그 녀석들을 2,000마리 정도만 제거해 준다면, 수도 외부에 있는 교역꾼들이 활동하기 수월해질 거요."

중규모 전투 클랜답게 수행하는 의뢰도 큼지막했다. 일정 규모 이상의 클랜은 황실의 명이나 물품 대량 생산 등 커다란 의뢰를 자주 맡아 수행했다. 혈무 클랜의 경우는 도적 소탕이나 몬스터 토벌을 주로 맡았다.

혈무 클랜 대장 쟝인위는 고레벨 클랜 일원 200명을 동원해 습지로 가 아힌쿨을 사냥했다. 아힌쿨은 집단생활을 하나 개체 당 지능은 그리 높지 않았다. 레벨은 200대 무렵으로 당황하지 않으면 무리 없이 집단사냥이 가능했다.

최후까지 생존한 아힌쿨이 쟝인위의 둔기에 머리를 가격당해 죽어버렸다.

쟝인위는 둔기를 허리춤에 느리게 걸었다. 간단한 동작이었으나 꽤 시간이 걸렸다. 그는 굵은 왼팔을 가볍게 휘저었다.

"다들 고생했어. 사망자가 없다는 사실이 가장 기쁘다. 쉬도록 해."

혈무 클랜 일원들은 무기를 내려놓고 휴식을 취했다. 쟝인위는 심지가 굳고 전투에 대한 의욕이 대단한 사내였다. 다루기 힘들지만 파괴력 강한 둔기를 주 무기로 채용한 것은 물론이고 기본적인 전투 소양도 일반 여행자들보다 훨씬 뛰어났다.

무엇보다 그에게는 남들과 다른 특이점이 존재했다.

쟝인위는 외팔이였다. 갑작스럽게 실피아 대륙에 전이된 이후, 그는 사나운 몬스터에게 오른팔을 먹혀버리고 말았다. 다른 사람이라면 그 즉시 좌절해 버렸으리라.

그러나 쟝인위는 포기하지 않았다. 원래 오른손잡이였음에도 그는 왼팔만을 가지고 매섭고 독하게 수련에 임했다. 외팔이임에도 중규모 클랜 대장직에 올라 전투를 이끌었다. 그렇게 수없이 전투를 반복하자 불굴투사 클래스로 전직을 마칠 수 있었다.

오로지 그의 독기가 남들을 초월했기에 가능한 일이었다. 물론 양팔이 온전했다면 쟝인위는 거뜬히 타 클랜의 대장들도 압도할 수 있었을 것이다.

현재 혈무 클랜이 중규모에 머물러 있는 것도 쟝인위가 외팔이라는 인식이 강해서라는 소문까지 나돌았다.

그러나 클랜의 일원들은 쟝인위를 존경했다. 외팔이임에도 열정적인 싸움을 해내고 일원들을 차별 없이 대하는 대장의 모습은 많은 이의 가슴을 뜨겁게 했다.

다들 식량을 꺼내 먹거나 흙바닥에 앉아 휴식을 취하고 있을 때, 대륙인 한 명이 빠르게 뛰어왔다.

"대장님, 제가 저쪽에서 특이한 걸 발견했는 뎁쇼?"

혈무 클랜은 다른 클랜들과 달리 여행자와 대륙인을 구분하지 않고 받아들였다. 그러한 이유 탓에 일개 편협한 자들에게 '잡종'이라며 비웃음 받기도 하지만 말이다.

쟝인위는 천천히 몸을 일으켰다.

"무슨 일인데 그래?"

"음, 그게 말입니나요. 히, 저찬. 솔직히 저도 제 눈이 의심스럽긴 한데…… 낚시로 따지면 월척이요, 밤놀이로 따지자면 대물이라고 할 수 있을 것 같습니다요."

대륙인의 이름은 두르만으로, 한 가정의 가장이었다. 술을 너무 좋아하는 탓에 사고를 쳐 퇴역용병 신세였으나 쟝인위의 도움으로 마음을 고쳐먹고 가족 부양을 위해 바쁘게 뛰어다니고 있는 몸이었다.

쟝인위는 왼손으로 뺨을 긁적였다.

"월척? 대물? 무슨 보물 상자라도 발견한 거야?"

"아휴, 일단 와서 직접 보시면 알 겁니다요."

두르만이 재촉했다.

이렇게까지 말하니 정말 뭘 발견했는지 궁금해졌다.

쟝인위는 두르만의 뒤를 따라 걸어갔다. 점차 습지의 깊은 곳으로 들어서자 묘한 한기가 들었다. 아직 여름과 가을 사이의 날씨인데도 이상할 정도로 피부에 닿는 공기가 차가웠다.

쟝인위는 고개를 갸웃거렸다.

"습지에 이런 곳이 있었나?"

걸을수록 축축한 땅바닥마저 딱딱하게 얼어붙어 갔다. 푸른 잎사귀를 가진 나무들이 빼빼 마른 고목으로 변해갈 즈음, 눈앞에 놀라운 광경이 펼쳐졌다.

"아!"

습지와 전혀 어울리지 않는 장관이었다.

옅게 깔린 서리와 새하얀 눈. 흐드러진 설경이 눈이 아플 정도로 황홀했다. 뒷목이 아찔해질 만큼 아름다운 주위 경관 사이로 거대한 건축물이 보였다.

쟝인위는 자신의 눈을 의심할 수밖에 없었다. 건축물 자체가 얼음이었다. 고풍스러운 음각이 투명한 얼음 위에 견고히 새겨져 있었다. 세상 최고의 세공사도 저토록 정교한 얼음 구조물을 세울 순 없을 듯했다. 게다가 어찌나 거대한지 한눈에 건물이 다 들어오지 않을 정도였다.

이런 것이 인간이 만들어낸 조형물일 리 없었다.

"……유적이군."

"역시 그렇죠? 저도 정말 놀랐습니다요."

유적.

수백, 많게는 수천 마리의 몬스터가 서식하는 위험한 장소. 자신이 살던 세계의 말로 번역하자면 던전과도 같은 곳이었다. 침입자를 증오하는 몬스터가 들끓는 대신, 유적의 심장부에는 반드시 진귀한 보물이 기다리고 있다.

그뿐만 아니라 유적을 점령하는 데 1위 업적을 세운 자는 특수한 마력까지 손에 넣을 수 있었다. 쟝인위도 실제로 유적을 본 것은 이번이 처음이었다.

보통 유적은 도시에서 멀리 떨어진 외딴곳, 이를테면 황무지나 협곡 따위에 존재하는 것이 일반적이라고 들었다. 그런데 수도에서 그다지 멀지도 않은 이곳에 유적이 존재하고 있었을 줄이야. 주위의 공기가 차갑게 변한 이유는 유적의 영향

일 것이 분명했다.

두르만이 침을 꿀꺽 삼켰다.

"어떡할깝쇼? 유적이니 심장부까지만 가면 한몫 단단히 챙길 수 있을 겁니다요. 아직 다른 클랜 눈에 띈 것도 아닌데, 저희가 확 접수해 버릴깝쇼?"

쟝인위는 얼음 유적을 바라보며 잠시 고민했다.

그러나 그는 곧 고개를 가로저었다.

"아니, 우리만으로 유적을 공략하는 것은 시기상조야."

기후까지 바뀌어버릴 정도로 강력한 마력을 머금은 유적. 틀림없이 내부에 강력한 몬스터가 존재할 것이 분명했다. 보통 유적을 레이드할 때 최소 인원을 200명으로 잡는다. 현재 데려온 인원도 대략 그 정도 숫자였다.

그러나 쟝인위는 얼음 유적의 난이도가 상당할 것이란 걸 본능적으로 느꼈다. 혈무 클랜의 일원들은 잡다한 클래스가 많고 아무 전투나 일방적으로 치렀기에 치유사 클래스가 단 한 명도 없었다.

함부로 유적을 레이드하려 했다가는 사망자를 낳을 수도 있었다. 눈앞의 욕심에 휘말려 일을 망치는 것은 쟝인위의 신중한 성격상 있을 수가 없었다.

두르만은 아쉽다는 듯 입맛을 쩝 다셨다.

"쩝. 눈앞에 있는 유적을 보기만 하고 돌아가려니 조금 아깝긴 합니다요."

"괜찮아. 나중에 우리가 성장해서 오거나 다른 인원을 좀 더 만들어오면 되지."

쟝인위는 왼팔로 두르만의 등을 툭툭 쳤다. 그러나 미련을 못 버렸는지 두르만은 얼음 유적의 앞으로 걸어갔다.

비교적 작은 각판에 글자 비슷한 것이 새겨져 있었다. 그러나 서리가 끼어 제대로 보이지 않았다. 이 얼음 유적의 이름이 쓰인 것이 분명했다. 두르만은 양손으로 서리를 털어냈다.

그러자 유적의 이름이 온전히 드러났다.

「윈터킬」

"윈터킬 유적이라. 허헛. 거참, 유적 이름도 살벌합⋯⋯."

허허 웃던 두르만이 갑작스레 말을 끊었다. 그의 미동도 동시에 멈추었다. 뭔가 이상함을 느낀 쟝인위가 두르만에게 다가갔다. 두르만은 마치 선 채 혼절한 사람처럼 동공에 초점을 잃은 상태였다.

"갑자기 왜 그래? 무슨 일 있어?"

어깨를 잡고 흔들어도 두르만은 멍한 표정을 지었다. 그때 얼음의 각판에서 빛이 뿜어져 나왔다. 환한 빛살에 쟝인위는 왼손으로 눈가를 가려야 할 정도였다. 갑자기 두르만이 얼음 유적을 향해 허겁지겁 뛰기 시작했다.

"이봐! 갑자기 어딜 가는 거야?"

당황한 쟝인위는 두르만의 뒤를 따라 달렸다. 두르만은 얼음 유적의 거대한 출입문을 힘껏 열어젖혔다. 거대한 문은 작아 보이는 두르만의 힘에도 손쉽게 열렸고, 그는 유적 내부로 들어가 버렸다.

쟝인위는 순간적으로 망설였다.

따라가야 하나?

왠지 모르게 불길한 기분이 든 것이다. 그러나 그는 고개를 세차게 휘저었다. 클랜원을 이렇게 그냥 버릴 수는 없다. 쟝인위는 윈터킬 유적 안으로 들어왔다. 내부 역시 희끄무레한 서리와 투명한 얼음으로 가득했다.

온몸에 소름이 돋는 추위가 유적 내부를 가득 메웠다. 두르만은 멍하니 내부에 서 있었다. 다가가 등을 세게 걷어차자, 다행히도 그는 정신을 되찾았다.

"아이고! 대장님. 갑자기 왜 발길질이십니까요? 설마 남은 한 팔도 몬스터한테 먹이로 주고 오셨습니까요?"

"먹이는 무슨. 무슨 일 있었는지 기억 못 하는 거야?"

"그게 무슨 말입니까요? 엥? 여긴 또 어디람?"

쟝인위는 한숨을 쉬더니 몸을 되돌렸다. 그대로 곧장 윈터킬 유적으로부터 나가려던 참이었다.

끼이익.

그러나 유적의 대문은 곧장 닫혔다. 쟝인위가 세게 문을 두드렸다. 그러나 대문은 조금도 열릴 생각을 하지 않았다. 문의 틈새로부터 흘러오던 빛조차 사라지자 유적 내부는 앞을 분간하기 힘들 만큼 어두워지고 말았다.

그때 밤눈 좋은 두르만이 저편을 가리켰다.

경악한 목소리였다.

"대장님! 저것 좀 보십쇼!"

얼음이 차게 깔린 바닥으로부터 희끄무레한 해골들이 일어났다. 평범한 스켈레톤과 달리 차가운 얼음으로 이뤄진 해골들. 빙석해골은 일반 언데드에 비해 훨씬 강력한 몬스터들이었다. 게다가 몸을 일으킨 빙석해골의 숫자는 적어도 400마리가 넘었다.

두르만이 이를 딱딱 부딪치며 소리쳤다.

"대, 대장님, 이, 이제 어떻게 할깝쇼!"

"별다른 방법이 있겠어? 무기 들어!"

쟝인위는 이를 악물며 왼손으로 둔기를 세게 움켜쥐었다.

아이리스는 호기심 어린 눈동자로 손에 쥔 것을 바라봤다.

투명한 수정. 그러나 몹시 차가웠다.

이게 무엇일까?

그녀는 그 조그만 수정을 만지작거렸다. 그러다가 혀로 핥았다.

"아."

그녀의 혓바닥은 얼음에 착 달라붙었다. 당황한 아이리스는 어쩔 줄 몰라 했다. 혓바닥을 떼려 해도 고통스러워 도저히 그럴 수 없었다. 그녀는 눈물이 그렁그렁한 눈동자로 샤네트의 소매를 끌어당겼다. 샤네트가 약간 지친 미소를 짓더니 수통에서 물을 꺼내 흘렸다.

그러자 아이리스는 무사히 혀를 뗄 수 있었다. 그녀는 손에 쥔 얼음 조각을 째려봤다.

"얼음은 무척 나쁜 아이구나. 별로 먹고 싶지 않아."

"거, 희소식이네. 너도 편식이란 걸 할 줄 안다니 말이야."

헨릭이 킥 웃으며 히죽댔다. 샤네트는 눈앞의 얼음 유적을 바라보며 놀란 표정을 지었다.

"정말 장관이네요! 데스 제네럴 칼리번이 말한 유적이 바로 저곳이군요. 이 유적의 이름은 뭘까요? 아, 저기에 쓰여 있네."

샤네트는 유적 앞에 놓인 각판에 다가가려 했다. 그러나 강윤수가 그녀의 앞을 가로막았다.

"저 각판에 가까이 가면 안 돼."

"어째서요?"

"환각마법이 걸려 있어."

그때 유적 내부에서 시끄러운 잡음이 들려왔다. 누군가 전투라도 치르는 모양이었다. 남자의 힘찬 고함이 들려왔다.

"으아아아—!"

익숙한 목소리였다.

강윤수는 입술을 살짝 씹었다.

'예상보다 빨리 진행되는군.'

이 루트는 진행해 본 적이 없기에 경험이 전무했다. 자칫해서 쟝인위가 죽기라도 하면 곤란했다. 윈터킬 유적 레이드에 쟝인위는 반드시 필요한 인물이었다. 조금이라도 늦어 그가 죽기라도 하면 재빠른 성장과 전설 의뢰 수행에 큰 차질이 생기리라.

"가자."

강윤수 일행은 서둘러 윈터킬 유적으로 진입했다.

빙석해골은 상대하기 까다로운 몬스터였다. 얼음으로 이뤄진 뼈마디는 무기를 휘둘러도 쉽사리 부서지지 않았다. 가까이 접근하면 시린 냉기를 뿜어내 활동의 제약을 일으켰다. 쟝인위는 왼팔에 핏줄을 세우며 둔기를 전력으로 휘둘렀다.

콰직-!

그러자 빙석해골의 머리뼈가 산산이 박살 나버렸다. 그러나 빙석해골의 숫자는 끝이 없었다. 칼을 휘젓던 두르만이 이를 콱 물었다.

"대장님, 아무래도 우린 여기까지인 것 같습니다요! 지금까지 정말 고마웠습니다요!"

"그딴 재수 없는 소리 할 시간 있으면, 무기나 한 번 더 휘둘러!"

유적 밖으로 도망치고 싶어도 출입문은 단단히 잠긴 상태였다. 두 사람은 죽을힘을 다해 퇴로를 만들려 했으나 삽시간에 빙석해골들에게 포위되어 버렸다. 차가운 한기의 해골들은 피에 굶주린 듯 이빨을 사납게 부딪쳤다.

"딱딱딱!"

쟝인위는 날 선 눈빛으로 빙석해골들을 노려봤다. 궁지까지 몰렸으나 그의 눈동자에 절망이란 없었다. 도리어 지금까지보다 훨씬 지독한 독기가 깃들 뿐이었다.

"악착스러운 생존!"

쟝인위가 자신의 고유스킬을 발동시켰다. 그의 직업은 불굴의 투사. 외팔로 끈질기게 수련을 감행해 전직해낸 희귀 클래스였다. 온몸의 피가 들끓기라도 하듯 쟝인위의 몸이 달아올랐다.

냉기를 맞고 군데군데 달라붙은 서리가 튀어나온 힘줄에 깨져 버렸다. 악착스러운 생존은 자신의 생명력을 소모해 전투력을 한계 너머로 발전시키는 스킬이었다.

쟝인위는 둔기를 부러져라 붙잡고 목청이 찢어져라 소리쳤다.

"으아아아-!"

몬스터에게 오른팔을 먹힌 이후에도 그는 포기한 적이 없었다.

반드시 살아 돌아가리라!

기합성을 내뱉으며 그가 빙석해골들을 향해 돌진하려던 순간이었다.

끼이익.

그 순간 굳게 잠겨 있던 문이 열렸다. 문이 열리며 밝은 햇살이 쏟아지기 무섭게 한 사람이 유적으로 뛰어왔다. 벼락처럼 튀어나온 사내는 곧바로 달려 검을 휘둘렀다.

챙-!

사내가 휘두른 칼날은 해골의 텅 빈 안구를 적중시켜 빙석해골을 물러나게 만들었다. 애초에 대상을 죽이려 했다기보다 튕겨내는 데 초점을 둔 움직임이었다.

앞선 사내를 향해 빙석해골들이 돌진해 왔다.

사내는 놀랍도록 무표정한 얼굴로 스킬을 발동시켰다.

"학살연무."

사내가 손에 쥔 시커먼 검이 매섭게 휘둘렸다. 그것은 과감하고 능숙한 검술이었다. 순식간에 사내를 둘러싼 빙석해골 4마리가 반대쪽으로 튕겨 나갔다. 강력한 무력으로 압도했다기보다 힘의 궤도를 읽어 역이용했다고 볼 수 있었다.

'뭐지?'

쟝인위는 사내의 검술에 놀랐다기보다 침착한 태도가 의아했다. 다수의 몬스터를 상대하는데도 거침없고 도리어 익숙하다는 듯한 태도였다. 무엇보다 인형처럼 무심한 눈길이 인상적인 사내였다.

사내는 유적의 대문 쪽을 바라보며 말했다.

"샤네트."

"네!"

적갈색 머리칼의 미녀가 이쪽으로 달려왔다. 수많은 빙석해골이 그녀의 탐스런 목덜미를 조각내기 위해 다가왔다. 그녀는 등에 멘 대낫을 꺼내 쥐었다.

"염화술!"

대낫에 붉은 화염이 깃들더니 주위로 세차게 뻗어 나갔다. 사방이 얼음뿐인 유적에 이질적인 화염의 벽이 굳게 세워졌다. 고열의 화염이 이글거리자 빙석해골들은 그 주변으로 섣불리 다가오지 못했다.

얼음과 불은 그 자체로 상극이었다. 빙결형 몬스터인 빙석해골들에겐 불꽃이란 꺼림칙하고 증오스런 존재였다.

그때 대문 쪽에 서 있던 중년이 소리쳤다.

"이봐, 뭘 멍하니 있어. 살고 싶으면 당장 이쪽으로 나와!"

"사, 살았다! 정말 고맙습니다요!"

두르만은 눈물이라도 흘릴 듯 감격했다. 쟝인위도 둔기를 허리춤에 걸며 유적 밖으로 뛰쳐나갔다. 유적의 대문은 안에서 밖으로 나갈 순 없지만, 밖에서는 열 수 있는 구조였다.

마지막으로 무표정한 사내가 나오며 말했다.

"닫아."

아이리스는 유적의 대문을 세차게 닫았다. 쟝인위는 그녀가 젊은 여자치고는 악력이 굉장하다는 생각이 들었다. 보기보다 무력 쪽에 능력치를 많이 투자한 듯했다.

어찌 됐든 살아남았다.

아직 악착스러운 생존 스킬의 후유증이 남긴 했지만, 쟝인위는 고개를 숙여 예의를 표했다.

"감사합니다. 덕분에 살았군요. 저는 혈무 클랜의 대장, 쟝인위라고 합니다."

"아이고. 저도 혈무 클랜 소속 용병 두르만 바르라고 합니다요. 정말 구사일생이었습니다요. 실례지만, 은인 분들 성함이 어떻게 되십니까요?"

사내는 생긴 것처럼 무심히 말했다.

"강윤수."

"저랑 다른 국적이시군요. 저는 중국 톈진시 출신입니다. 한국인이신가요?"

강윤수는 고개를 끄덕였다.

이 세계로 이전되어 온 사람들은 한국인뿐만이 아니었다. 기존 언어가 다른 외국인들도 단말기의 효력으로 대화가 가능했다. 다른 일행도 자신의 이름을 말했다.

헨릭은 의외라는 듯 말했다.

"외팔이인데 클랜의 대장직을 맡고 있다고? 거, 신기한데."

"헨릭 아저씨."

샤네트가 팔꿈치로 헨릭의 가슴을 꽉 찔렀다. 일순간 그의 얼굴이 창백해지더니 숨이 턱 막히는 표정을 지었다.

"이 자식이…… 갑자기 왜 이래, 인마!"

"처음 보는 분 앞인데, 그래도 예의는 차리셔야죠!"

두 사람이 실랑이를 벌이자 쟝인위는 난처한 웃음을 짓더니 손사래를 쳤다.

"처음 보는 분들이시라면, 당연히 의아해할 만도 하죠. 괜찮습니다. 익숙하거든요."

쟝인위는 강윤수를 향해 왼손을 내밀었다.

악수를 하자는 의미였다.

"하여간 이 은혜는 절대 잊지 않겠습니다. 나중에라도 저희 클랜을 찾아오시면 사례는 톡톡히 하겠습니다. 아니면, 지금 저희와 같이 인근 지역으로 돌아가서도 괜찮습니다만."

강윤수는 물끄러미 상대방을 볼 뿐 손을 마주 잡지 않았다. 그는 뒤편의 윈터킬 유적을 가리켰다.

"저는 윈터킬 유적을 정복하려고 합니다. 그러기 위해선 쟝인위, 당신 클랜의 도움이 필요합니다."

쟝인위는 옅은 웃음을 짓더니 고개를 가로저었다.

"미발견 유적을 정복하고 싶은 욕심은 이해하지만, 저희는 위험을 감수하면서까지 저 유적을 레이드할 생각은 없습니다. 유적의 몬스터들은 우리 같은 중규모 클랜이 상대하기에는 너무 위험하더군요. 그 대신, 다른 대형 클랜에 발견 지역을 보고하고 보상받는 방법을 모색하려 합니다."

그때 강윤수가 오른손을 내밀었다. 당연히 왼손뿐인 쟝인위와는 악수를 할 수 없었다. 쟝인위가 의아한 표정을 짓자, 강윤수는 말했다.

"유적 레이드를 도와주신다면 당신에게 오른팔을 주겠습니다."

10장
일인다역

쟝인위는 자신이 뭘 잘못 들었나 하는 눈치였다.

"저희 클랜이 유적 정복을 도와드리면, 제게 의수를 만들어 주겠단 말입니까?"

쟝인위도 의수를 착용할 의지가 전혀 없었던 것은 아니었다. 그러나 외양만 그럴듯한 의수는 오히려 전투의 걸림돌이었다. 그럴 바에는 차라리 외팔로 다니는 편이 나았다.

그때 강윤수가 고개를 가로저었다.

"의수가 아닙니다."

그는 옆에 서 있던 헨릭의 어깨를 건드렸다. 강윤수는 배낭에서 인체세공도구를 꺼내 내밀었다.

헨릭은 어이가 없다는 표정을 짓다가 곧 한숨을 내쉬었다.

"가보를 주자마자 아주 알뜰하게 써먹으려 드는구먼. 빌어

먹을 놈."

헨릭은 소매를 걷고 왼손을 쥐었다가 펴 보였다. 그리고 인체세공도구로 왼쪽 손목을 내리그었다. 당연히 헨릭의 왼손은 가볍게 절단되었다.

"으억! 저게 뭐야!"

두르만이 기겁하며 소리쳤다.

쟝인위 역시 놀란 눈빛이었다.

강윤수는 말했다.

"절단된 신체 부위를 인형의 것으로 대체할 수 있는 마법도구입니다. 만일 당신이 저를 도와주신다면, 당신에게 오른팔을 드리겠습니다. 그 대신, 유적 레이드의 지휘는 제가 맡겠습니다."

쟝인위는 고민하는 듯한 표정을 지어 보였다.

"그 왼손, 만져 봐도 되겠습니까?"

"사내놈한테 그런 말을 들으니 뭔가 이상한데."

헨릭은 자신의 왼손을 건네주었다. 쟝인위는 유심히 그것을 바라봤다. 살갗의 감촉도, 근육의 단면도 놀라울 정도로 실물과 흡사했다.

쟝인위가 헨릭을 향해 물었다.

"이 왼손은 무엇으로 만든 겁니까?"

"뼈대는 공동묘지에서 훔쳤고, 근육조직은 돼지의 것을 봉합했어."

"······."

"왜. 그래도 외팔로 사는 것보다야 낫지 않냐?"

"하긴 그건 그렇군요. 사라진 신체 부위를 인형의 것으로 교체했을 때 부작용은 없습니까?"

"자신의 신체가 아니다 보니 처음에는 어색하지. 하지만 익숙해지면 그런대로 견딜 만해. 감각신경도 연결되어 원하는 대로 움직일 수 있지. 고통은 거의 느껴지질 않지만."

쟝인위는 헨릭의 왼손을 바라보며 고민에 잠겼다.

그가 잠시 입을 다물고 있다가 물었다.

"당신들을 믿을 수 있는 근거는요?"

쟝인위는 신중한 성미였다. 다른 것도 아닌 유적 레이드의 지휘를 함부로 맡길 수야 없었다.

"유적 레이드는 쉽사리 진행할 만한 것이 아닙니다. 다양한 클래스의 인력과 막강한 지휘력을 가진 리더가 필요합니다. 평범한 몬스터 서식지와 달리 무수히 많은 인명 피해를 낳을 수도 있죠. 저희 클랜의 협력을 원하신다면, 그만한 실력을 입증하셔야 할 겁니다."

강윤수의 검술 실력이 보통이 아니란 것은 직접 눈으로 보아 충분히 인지했다. 그러나 유적 레이드는 별개의 문제다. 각판에 담겨 있던 환각마법이나 안에서 열 수 없는 대문처럼 윈터킬 유적에는 온갖 함정이 즐비해 있다.

충분한 조사를 거치지 않고 입성한다면, 자칫 클랜원 전원이 전멸할 위험성이 존재했다.

　강윤수는 말했다.

　"저는 전설 의뢰를 수행하고 있습니다."

　"저, 전설 의뢰라굽쇼!"

　두르만이 깜짝 놀라며 소리쳤다. 강윤수는 고개를 끄덕이고 단말기의 버튼을 눌렀다. 그러자 현재 수행 중인 의뢰 목록이 떠올랐다.

【전설 의뢰-망자의 성】

　단말기의 화면은 조작할 수 있는 부류가 아니었다. 눈앞의 남자는 정말로 전설 의뢰를 수행하고 있는 것이다. 보상이 뛰어날 뿐만 아니라 대륙의 존망까지 뒤바꿀 수 있다고 전해지는 전설 의뢰. 적어도 강윤수가 실력 있는 모험가라는 증명으로써는 충분했다.

　쟝인위는 한숨을 쉬며 말했다.

　"좋습니다. 일단 강윤수 당신의 자격이 충분하다는 것은 알겠습니다. 하지만 저 혼자 결정할 문제도 아닙니다. 우선, 클랜원들과 얘기를 나누어보겠습니다."

　그러자 두르만이 슬쩍 부추겼다.

　"에이, 대장님. 저희 중에 이렇게 군침 도는 싸움을 거절할 놈이 있겠습니까요? 더군다나 검사검사 대장님 오른팔까지 되찾을 수 있다는데, 들으나 마나일 겁니다요. 대장님이 신중하신 건 알겠는데, 가끔은 너무 고민이 깊다니까."

"말을 참 예쁘게도 하는군, 두르만."

쟝인위는 한숨을 쉬며 혈무 클랜원들이 있는 곳으로 강윤수 일행을 안내했다. 그는 클랜원들에게 윈터킬 유적 발견에 대한 사실을 알렸다.

"유적을 발견했다고요?"

"그럼 다른 놈들이 눈독들이기 전에 우리가 나서서 점령해 버려야 하지 않겠습니까!"

"대장님한테 새로운 오른팔이 생긴단 말인가요? 클랜 들어 왔을 때의 은혜를 지금에서야 갚겠군요."

두르만의 말대로 혈무 클랜 일원들은 전의를 불태웠다. 당장에라도 무기를 빼 들고 윈터킬 유적으로 달려갈 기세였다.

쟝인위는 왼팔을 휘저어 그들을 진정시켰다.

"유적 레이드에 나서긴 하겠지만, 지휘는 내가 하는 게 아니다."

"예?"

"대장님이 아니라면 대체 누가……?"

쟝인위는 뒤편에 서 있던 강윤수를 가리켰다.

"이분이 나 대신 이번 유적 레이드를 지휘하실 거다. 현재 전설 의뢰를 수행하고 계신 분이시지."

"전설 의뢰요?"

클랜원들은 놀란 얼굴로 강윤수를 바라봤다. 낯선 남자가 유적 레이드를 지휘하고, 전설 의뢰까지 수행하고 있다니 놀라는 것이 당연했다.

한 여성이 손을 들고 물었다.

"저분 성함은 어떻게 되시죠?"

그는 무미건조하게 대답했다.

"강윤수."

클랜원들은 강윤수가 지휘를 맡은 것에 딱히 반박하진 않았다. 오늘 처음 본 강윤수를 믿는 것은 아니었다. 단지 그만큼 쟝인위의 판단을 믿었기 때문이다. 그가 강윤수에게 이번 지휘를 맡겼다면 그만한 이유가 있을 터였다.

쟝인위는 강윤수 일행을 낡은 천막 내부로 데려갔다.

"우선, 보상 분배는 각자의 몫으로 하겠습니다. 유적을 공략한 뒤에는 순위로 업적이 표시되니 말입니다. 1순위 업적을 지닌 자가 유적의 보물을 갖게 되는 형식입니다. 보통 유적 레이드는 이런 식으로 아이템을 분배하죠. 동의하십니까?"

강윤수는 고개를 끄덕였다.

쟝인위는 왼손으로 오른팔 없는 어깨를 매만졌다.

"제 오른팔은 유적 레이드 이후에 받기로 하겠습니다. 아무래도 새로운 인형 신체를 달게 된다면, 적응도 어려울 테고. 저는 아직까지 외팔로 싸우는 데 익숙하니까요."

외팔이 투사로서 자부심이 담긴 말이었다.

"유적 레이드를 위한 원정대를 꾸리기 위해선 많은 준비를 해야 합니다."

샹인위는 차분히 말했다.

"우선 저희 클랜의 현 상위권 인력은 여기 있는 200명입니다. 레벨은 대략 150에서 200대 무렵이고요. 저희 클래스는 대부분 검사, 창사, 궁사입니다. 치유사나 대장장이 같은 보조 계열 클래스가 필요합니다. 소서러 클래스의 경우는 모집 비용이 너무 높으니 제외하겠습니다."

그뿐만이 아니었다.

"거기에 상당량의 치유포션이 필요합니다. 장비를 수리할 대장장이와 함정을 해제할 도적, 앞서 유적을 탐사할 러너도 용병으로 구해와야겠지요. 그런 것까지 정산하면 초기 비용과 준비 기간이 많이 필요할 겁니다. 지휘를 어떻게 하느냐에 따라 더 많은 병력과 지원품이 소모될 수도 있습니다."

유적 레이드는 보상이 뛰어난 만큼 많은 비용과 시간이 투자되었다. 일반 몬스터 서식지보다 훨씬 더 많은 위험을 감수해야 하는 곳이 바로 유적이었다.

샹인위가 물었다.

"실례지만, 레벨이 어떻게 되십니까?"

"밝힐 수 없습니다."

샹인위는 이해했다는 듯 고개를 끄덕였다. 여행자에게 있어 레벨은 소중한 개인 정보였다. 웬만큼 남에게 자신의 레벨을 가르쳐 주지 않으려는 자들이 꽤 있었다.

"실례했습니다. 하기야 전설 의뢰를 수행할 정도면 당연히 고레벨이시겠죠. 그저 참고삼아 물어봤습니다."

본래의 강윤수였다면 담담히 자신의 레벨이 131이란 것을 밝혔을 것이다.

그러나 이젠 모든 선택지에 최선을 다해야만 했다. 자신이 일개 클랜원보다 레벨이 낮다는 것이 밝혀진다면 쟝인위의 신뢰도가 크게 떨어질 수 있다.

굳이 진실을 밝혀 혼란을 일으킬 까닭은 없었다.

강윤수는 말했다.

"대장장이, 도적, 러너를 데려올 필요는 없습니다."

"그게 무슨 말입니까?"

"제가 그 역할을 대신하면 됩니다."

순간 쟝인위는 말문이 막힌 듯한 표정을 지었다.

"장비 수리, 함정 해제, 지형 파악을 전부 혼자 도맡으시겠단 말입니까?"

"치유사 클래스도 필요 없습니다. 적정량의 치유포션은 제가 마련해 오겠습니다."

강윤수는 당연하다는 듯 말했다.

쟝인위는 도저히 믿기 힘들겠다는 표정을 지어 보였다.

헨릭이 옆에서 한마디 거들었다.

"이봐, 형씨. 믿기 힘든 건 이해하는데, 이놈은 정말 혼자서다 할 수 있어."

"아무리 그렇더라도 말이 안 됩니다. 혼자서 그 많은 클래스의 일을 해낼 수 있다니요?"

그것은 당연한 반응이었다.

강윤수는 말했다.

"그것은 차후에 입증하겠습니다. 그보다는 인원을 더 늘릴 필요가 있습니다."

"인원이 부족하단 사실은 저도 인지하고 있습니다. 용병을 불러오자는 말씀이십니까?"

전투나 사냥에 인력이 부족할 때는 용병단으로 가 용병을 고용할 수 있다.

용병의 등급은 골드, 실버, 쿠퍼로 나뉘어져 있으며 상위 등급에 오를수록 고용 비용이 높아졌다. 보통 다수의 용병을 고용할 때는 쿠퍼 등급을 기용하는 것이 보통이었다.

그러나 강윤수는 고개를 가로저었다.

"용병들을 고용하기 위해선 너무 많은 시간과 비용이 듭니다."

"그렇다면 무엇으로 인력을 충원할 생각이십니까?"

강윤수는 말했다.

"언데드로 대체하겠습니다."

쟝인위는 신중했고, 또한 바보가 아니었다. 아무리 사라진 오른팔에 대한 그리움이 사무칠지라도, 쟝인위는 소중한 클랜이 멍청한 남자에게 이끌려 파멸 당하는 꼴을 볼 생각은 추호도 없었다.

그래서 그는 강윤수를 진득하게 관찰했다.

제아무리 전설 의뢰를 수행하고 있더라도 쟝인위는 강윤수의 능력이 조금이라도 부적합하다는 생각이 들면 그 즉시 유적 레이드의 지휘권을 박탈할 생각이었다.

그러나 헛일이었다.

높은 언덕의 꼭대기에 선 강윤수가 지시했다.

"동남쪽 약 320미터. 덤불진 수풀 왼쪽. 아힌쿨 열일곱 마리. 제1부대는 가서 제압하라."

용병과 검사 클래스로 이뤄진 제1부대가 동남쪽으로 돌진했다. 강윤수의 말대로 정말 수풀 뒤쪽에 숨어 있던 아힌쿨 무리가 나왔다.

아힌쿨들은 발톱을 휘저으며 저항했으나 갑작스러운 기습에 당해낼 리 없었다.

강윤수는 연속해서 명령을 내렸다.

"서북쪽 약 340미터. 세찬 폭포 건너편. 수면을 취하는 아힌쿨 서른두 마리. 우두머리가 섞여 있으므로 제3부대와 제6부대가 연합해 사격하라."

강윤수의 전술은 독특했다.

최대한의 병력을 한데 모아 이끌며 몬스터를 찾는 것이 집단 사냥의 기본이었다.

그러나 그는 혈무 클랜을 여러 부대로 나누었다. 칼만 든 자들도 있었고, 레벨이 높거나 낮은 무리가 엉키듯 뒤섞인 부대도 있었다.

강윤수는 높은 언덕 위에서 부대를 지휘했다.

보통 200명에 불과한 인원을 이렇게까지 나눈다면 몬스터를 발견하기는커녕 수적으로 밀려 괴멸당하거나 체력만 소모하고 말 것이다.

그러나 그의 자질을 의심했던 쟝인위를 비웃기라도 하듯 강윤수의 전술은 무서울 정도로 효율적이었다. 그가 지시를 내리면, 언제나 그곳에는 몬스터가 있었다.

언덕은 드높았고 저 먼 곳까지는 잘 보이지도 않았다. 제아무리 시력이 좋더라도 몬스터의 서식지를 모조리 암기라도 하고 있지 않은 이상 불가능한 일이었다.

또한, 몬스터가 있더라도 그저 살상 명령에서 끝나는 것이 아니었다.

"폭포 뒤에 잠자고 있는 아힌쿨 우두머리는 콧속을 찔러라. 단단힌 기죽을 공격하기보다 그것이 훨씬 효과적이다. 창을 깊이 찔러 뇌까지 엉망으로 만들어라."

쟝인위는 감탄했다.

'정말 굉장한데?'

처음에는 잃어버린 오른팔을 되찾고 싶다는 유혹 탓에 그의 제안을 수락했다. 그러나 이제는 정말로 강윤수에게 신뢰감이 들기 시작했다.

이 남자의 지휘력은 정말 보통이 아니었다.

쟝인위는 마른 침을 삼켰다.

'엄청난 고레벨이겠군. 나 따위와는 비교도 하지 못할 정도로.'

쟝인위의 레벨은 227로 여행자들 사이에선 중상위권 정도에 속했다. 그러나 이 남자에 비하면 별것 아닐 것이 분명했다.

강윤수의 차림은 레벨이 높다고 생각하기 힘들 정도로 간소했으나 그것이 레벨과 비견된다고 볼 순 없었다.

실제로 일부 고레벨 여행자들은 무거운 갑옷보다 간소한 옷차림으로 다니는 경우가 잦았다. 그만큼 자유로운 몸놀림으로 전투를 벌이는 것이다. 공격 한 대 맞지 않을 자신이 있다는 것은 물론이었다.

반면 강윤수는 생각했다.

'귀찮군.'

본래라면 데페론에 있을 백사자 클랜에 도움을 요청해 곧

바로 윈터킬 유적 레이드에 들어갔을 것이다. 백사자 클랜은 여행자들 사이에서도 최고 수준에 속했다.

대단한 고레벨 여행자들만이 속해 있는 클랜이 협력한다면 윈터킬 유적 레이드쯤이야 간단했다. 솔직히 말해 백사자 클랜 대장 한세현 하나만 데려오더라도 유적의 심장부까지는 무리 없이 진행할 자신이 있었다.

그러나 높은 레벨의 사람에게 의지해선 고속 성장이 힘들었다. 그렇기에 커다란 위험 부담을 안고서라도 혈무 클랜과 손을 잡았다. 일부러 전투를 치르지 않고 명령만 내리는 것도 그런 이유에서였다.

적어도 유적에 진입하기 전까지는 쟝인위에게 자신의 레벨을 숨길 필요가 있었다. 제아무리 그의 지휘력이 뛰어날지라도 자신보다 레벨이 낮은 이에게 지휘를 맡길 리는 없으니까. 지금부터 전투에 앞장선다면 그의 레벨이 남들보다 낮다는 사실을 금세 눈치챌 것이다.

그러한 강윤수의 연막은 실로 효과적이었다.

그토록 신중한 쟝인위조차 강윤수의 레벨이 일개 클랜원보다도 낮은 131에 불과하단 것을 전혀 눈치채지 못했다.

언덕 아래로 아힌쿨의 시체가 산처럼 쌓여 갔다. 평소라면 이 정도까지 사냥하는 데 나흘은 넘게 걸렸을 것이다. 그러나 지금까지 걸린 사냥 시간은 고작해야 반나절에 불과했다.

방금까지 칼을 휘둘렀던 두르만은 미처 손맛이 가시질 않았는지 입맛을 쩝쩝 다셨다.

"전설 의뢰를 수행하시는 분이라더니. 정말 대단하긴 하십니다요. 갈 때마다 몬스터가 튀어나오고, 약점까지 설명해 주시니 말입니다요. 이렇게 손쉽게 사냥을 해보는 게 얼마 만인지 모르겠다니까요."

"맞습니다. 사냥하면서 아쉽다는 생각이 든 건 이번이 처음입니다."

"경험치도 평소보다 훨씬 빨리 올랐어요!"

클랜원들은 강윤수에 대한 칭찬을 아끼지 않았다. 언덕에서 내려온 쟝인위가 괜히 왼손으로 뺨을 긁적였다.

"이거, 아무래도 클랜 대장직을 바꿔야 할 것 같은데?"

"푸하핫! 대장님. 설마 우리가 대장님을 버리고 다른 사람으로 갈아타겠습니까요? 우리한테는 그래도 대장님뿐입니다요."

두르만이 껄껄 웃으며 쟝인위의 목에 두꺼운 팔을 걸쳤다.

강윤수가 언덕을 내려오자 허공에서 붉은 불꽃 덩어리가 너풀거리며 내려왔다.

허리에 양손을 짚은 샐리는 뺨을 부풀렸다. 아름다운 소녀는 한껏 토라진 얼굴이었다.

"아빠, 샐리 화났어."

"왜."

샐리는 방금까지 전서구 역할을 맡았다. 높은 언덕의 강윤수가 지시한 명령을 다른 부대에까지 전달해 준 것이다. 정령들은 먼 거리가 아니라면 자유롭게 날아다닐 수 있었으니까.

샐리가 쏘아붙였다.

"흥! 시치미 떼기는! 동생 만들어준다면서! 훨씬, 훠얼~ 씬 전에 말해 놓고 아직도 안 만들어줬어. 아빠는 거짓말쟁이야!"

샐리의 동생을 만들어준다는 약속.

아무래도 아직까지 그것을 지키지 않은 것이 불만이었던 모양이다.

"유적을 정복하고 나면, 동생을 만들어줄게."

그러나 샐리는 울먹이면서 강윤수의 바짓단을 꾹꾹 잡아당겼다.

"거짓말! 거짓말! 아빠는 항상 그래! 샐리랑은 놀아주지도 않고! 매일 귀찮아하기만 해! 아빠, 정말 미워! 으아앙!"

"하이고, 이거야 원. 무뚝뚝한 아빠를 둬서 고생이 많구먼."

헨릭이 마나의 실을 거두곤 히죽 웃으며 다가왔다. 샤네트도 피에 젖은 사이드를 거두고 내려왔다. 가장 늦게 내려온 것은 아이리스였다. 심장을 먹었는지 그녀의 입가에는 피가 묻어 있었다. 그들도 클랜원들과 마찬가지로 아힌쿨 사냥을 치른 뒤였다.

아이리스가 피 묻은 입술을 빙그레 올렸다.

"네가 우는 걸 보니 기분이 좋지 않구나. 심장이라도 먹으면 기분이 나아지지 않겠느냐?"

"으아앙! 엄마!"

샐리가 울면서 샤네트에게 쪼르르 달려갔다.

그녀는 웃으며 샐리를 끌어안아주었다.

"괜찮아. 괜찮아."

"으아앙!"

강윤수는 그 둘을 바라보다가 시선을 돌렸다. 클랜원들이 사냥한 아힌쿨 시체를 한곳에 모아 두고 있었다. 총 200명이 집단 사냥한 결과물이니 그 수도 상당했다.

'최우선은 대규모 사냥이다.'

강윤수는 시체 더미에 다가가 오른손을 내밀었다.

"다중시체부활."

「부활시키려는 시체의 숫자가 너무 많습니다. 회생하는 언데드의 종류가 불규칙해집니다.」

짐승처럼 생긴 아힌쿨들이 하나둘씩 언데드가 되어 일어났다. 뼈가 되어 스켈레톤으로 변한 것들도 있었고, 시퍼런 안광의 좀비로 변한 녀석들도 있었다. 덩치가 크고 성질이 난폭한 우두머리 아힌쿨들은 새까맣게 변색했다.

질병을 퍼뜨리는 특성이 추가된 것이다.

비록 언데드라 재빠른 상황 판단이 불가능하다는 단점을

고려해도 일개 용병들보다 훨씬 막대한 전력이었다.

「612마리의 언데드 아힌쿨을 소환계에 보존했습니다.
현재 소환계에 있는 소환수-언데드 아힌쿨 612마리, 좀비 흑곰
52마리, 백랑괴수 화이트
보존 가능한 소환수 숫자-34마리」

되살린 언데드를 소환계로 보낸 직후, 쟝인위가 그에게 다가왔다.
"언데드로 모자란 인력을 채웠으니 물자를 보충해야겠군요. 아무래도 상당량의 치유포션이 필요하지 않을까 싶습니다. 그 많은 포션을 혼자 마련하실 수 있으시겠습니까?"
"어."
강윤수는 자연스레 반말을 썼다. 쟝인위도 그의 자질을 확실히 느꼈기에 그 정도 하대는 납득했다.
"알겠습니다. 저희는 우선 데페론으로 돌아가 수행 중이던 의뢰를 완수하지요. 만나는 일시는 언제로 할까요?"
"내일 정오, 이곳."
"알겠습니다. 내일 이곳에서 뵙도록 하죠."
혈무 클랜 일원들은 먼저 수도로 돌아갔다. 강윤수는 발을 돌려 샐리를 끌어안고 있는 샤네트를 바라봤다. 그 둘을 바라보던 그는 무언가 골몰히 생각하는가 싶더니 다가와 샐리의

손을 붙잡았다.

눈물을 흠뻑 흘린 정령은 고개를 들었다.

"훌쩍……! 왜?"

"놀아줄게."

"와아! 정말?"

헨릭은 그 즉시 몸을 돌렸다.

그는 위를 쳐다보며 말했다.

"흐음, 하늘을 보니 서쪽에서 해가 뜨진 않았는데?"

강윤수가 샐리와 놀아준다고 말한 것에 별다른 이유는 없었다. 이번 삶이 마지막이라면 당연히 그래야 했다.

수도 데페론의 거리는 번화가였다. 각종 신비로운 물건을 파는 길거리 행상인이 많았고 행인은 밤하늘의 별처럼 많았다. 강윤수는 직접 거리의 행상인에게서 당밀막대를 사 샐리에게 쥐여줬다.

"와아! 달콤한 거다!"

샐리는 함박웃음을 지으며 당밀막대를 핥았다. 본래 정령이라 밝은 불빛은 눈에 띌 수밖에 없었으나 로브를 뒤집어써 그다지 눈에 띄지 않았다.

헨릭은 거의 경악한 표정으로 강윤수를 바라봤다.

"너, 뭘 잘못 먹었냐? 그 무심하던 놈이 왜 이래? 갑자기 부성애에 눈이라도 떴냐?"

"알아서 뭐하게."

샤네트도 놀란 표정을 지었다.

"최근 강윤수 님이 많이 달라지신 것 같아요."

그 말이 낯설었다.

강윤수는 대답을 궁리하다가 결국 침묵했다.

그러나 샤네트는 미소 지었다. 뭐가 그리 좋은지 그녀는 기분 좋게 웃었다.

"그래서 저는 기뻐요."

그녀의 눈동자를 보자, 어쩐지 강윤수는 시선을 다른 곳으로 돌리고 싶어졌다. 그래서 아이리스를 흘깃 쳐다보았다. 윈터킬 유적 레이드는 전설 의뢰뿐만 아니라 그녀를 만든 연금술사를 찾아가려는 목적도 있었다.

그녀 속에 있는 흰 그림자라는 존재에 관해 확실히 알아둘 필요가 있었다.

자신의 시선을 눈치챈 것일까. 아이리스는 강윤수를 지그시 바라보며 입술을 핥았다.

"나도 저것을 먹고 싶구나."

"……."

강윤수는 아예 당밀막대를 4개 더 사, 일행의 입에 하나씩 물려 주었다.

그들은 얼마 지나지 않아 커다란 목조건물 앞에 도달했다. 보랏빛 액체를 담은 유리병이 그려진 간판이 건물 중앙에서 흔들렸다.

'해질녘 한 잔'

각양각색의 포션을 제조해 유통하는 상단이었다.

포션뿐만 아니라 인화물질이나 휘발성이 강한 액체처럼 위험한 것을 취급하기도 했다.

오랫동안 수도에서 상승세를 유지해온 몇 안 되는 상단이었다. 가끔 뒷골목을 통해 안 좋은 소문이 퍼진 경우도 몇 번 있긴 했지만 말했다.

강윤수는 멈춰선 뒤 말을 꺼냈다.

"다들 내 말을 잘 들어."

강윤수는 자신의 계획을 설명했다.

헨릭은 입술을 질끈 깨물었다.

"젠장, 그딴 짓을 하고 어떻게 살아남겠냐?"

헨릭은 골치 아프다는 표정을 지었다. 그러나 품에서 새카만 염색약을 내밀었다.

"자신 있지?"

강윤수는 고개를 끄덕이며 염색약을 받아들였다. 샤네트도 걱정스러운 표정이었다.

"그건 너무 위험해요. 일이 잘못되면 감옥으로 끌려가는 것만으로는 끝나지 않는다구요."

"내 말만 따르면, 절대 들키지 않아."

강윤수는 확신하듯 말했다.

샐리는 맑은 눈동자를 빛냈다.

"재밌게 놀아도 돼?"

"얼마든지."

"와아!"

샤네트, 헨릭, 샐리, 아이리스는 건물 뒤편으로 갔다.

강윤수는 아무도 없는 구석으로 가 인체세공도구를 꺼냈다.

'흑호 클랜. 원래는 초반에 부술 생각이었지만, 계획을 바꾸겠다.'

그는 헨릭의 염색약을 묻혀 오른쪽 손등에 문신을 그리기 시작했다. 손놀림은 가벼웠으나 완성된 검은 호랑이 문신은 정교하기 그지없었다.

'이번 삶에선 뼛속까지 이용해 먹는다.'

강윤수는 해질녘 한 잔 상단의 건물을 바라봤다.

언데드를 포함해 1천 명 이상의 전력이 사용할 포션을 홀로 만들기 위해선 그의 실력이라도 몇 달을 꼬박 작업에 몰두해야 했다.

그러나 강윤수는 그 시간을 허비할 생각이 없었고, 대량의 포션을 구입할 자금도 없었다.

하지만 이번이 마지막이라면. 아무리 위험천만한 길이라도 악착같이 정점으로 올라서야만 했다.

강윤수는 해질녘 한 잔 상단 건물 안으로 들어섰다. 수많은 교역 상인과 연금술사, 모험가들이 포션과 영약을 거래하고 있었다.

강윤수는 접수처로 걸어갔다.

그는 스스로 되뇌었다.

대담해져라.
상인위에게 자신의 레벨을 속였듯이.
신체적 약함을 감추고 정신적인 강함을 내세웠듯이.
이익을 위해 타인을 속여라.

"무슨 볼일이십니까?"

유순하게 생긴 여인이 물었다.

강윤수는 손가락을 까닥였다.

안내원이 머리를 갸웃거렸을 때, 강윤수는 그녀의 머리칼을 세차게 끌어당겼다.

"꺄악……!"

당황한 여인이 비명을 내지르려는 찰나였다. 강윤수는 그녀의 귓가에 대고 건조한 목소리로 속삭였다.

"지금 이 건물에 폭탄이 설치되어 있다."

이제 본격적으로 사기를 칠 시간이었다.

to be continued

8클래스 마법사의 회귀

인류 최초의 8클래스 마법사 이안 페이지.
배신 끝에 30년 전으로 돌아오다.

설령 세상이 무너지는 한이 있더라도.
상상을 초월한 적이 눈앞에 나타나더라도.
지키고픈 이들을 반드시 지켜낼 수 있는 힘.

'그 힘이 적당할 필요는 없어.'

소중한 이들을 지키기 위한,
8클래스 이안 페이지의 일대기!